suhrkamp taschenbuch 1949

In Thomas Hettches detailgenau-schmiegsamer Sprache entstehen die Figur und die Geschichte des herzkranken Ludwig, erzählt von seinem jüngeren Bruder an einem Wochenende, das er in Ludwigs Wohnung verbringt. Es entstehen, auferstehen, in Hettches halluzinatorischer Sprache, die Figuren aus einem alten Anatomieatlas, Gefrierschnitte von Körpern, die aus Buchseiten zu Leben erwachen; zu einem literarischen Sprachspiel, das zu Ludwigs Totentanz wird. Und schließlich entstehen in sinnlich-rhythmischer Prosa die Bilder von Ludwigs letzter Reise an die ligurische Küste, wo er das Mädchen Lene liebt – wo er sterben muß.

»Genial, dieses Buch. Es nivelliert viele, setzt Qualitätsmaßstäbe ... Das Wort genial sollte ein Rezensent wenn möglich nicht verwenden, ich streiche es nicht, denke vielmehr – auch wenn es nicht präzise sein sollte –, welches Wort wäre für diesen Roman zu verwenden? Es verbleibt kein anderes. Ein Geniestreich.« *Frank Mühlich, die tageszeitung*

Thomas Hettche, geboren 1964, lebt und studiert in Frankfurt.

Thomas Hettche
Ludwig muß sterben

Roman

Suhrkamp

Umschlagfoto: Weegee, »Wiederbelebungsversuch«

suhrkamp taschenbuch 1949
Erste Auflage 1992

Druck: Nomos Verlagsgesellschaft, Baden-Baden
Printed in Germany
Umschlag nach Entwürfen von
Willy Fleckhaus und Rolf Staudt

1 2 3 4 5 6 – 97 96 95 94 93 92

Ludwig muß sterben

für Betta

Wiederbelebungsversuch. Coney Island 1940. Einer, beim Baden verunglückt, liegt am Strand, in der unteren Mitte des Bildes, in eine Decke gehüllt, ein Beatmungsgerät auf dem Mund, zwei in weißen Kitteln beugen sich über ihn, in Badehosen die Retter, einer mit weißem T-Shirt und Mütze, der Strandwächter, stehen dabei, dahinter, vor einem Holzkai, der im Dunst des Sommertages mit dem schmalen Streifen Himmel veschmilzt, eine Menschenmenge, die in die Kamera schaut. Das Meer sieht man nicht. Der Tote hat keinen Blick für mich. Doch hinter ihm kniet ein Mädchen im Badeanzug und lächelt. Ist hübsch. Kniet zwischen den weißen Kitteln in der Mitte des Bildes, und als ich mich in ihrem Blick verfange, gruppiert sich plötzlich alles, selbst der Tote, so, daß mein Blick ihr zufällt. Keiner der Umstehenden bemerkt, daß sie den, der vor ihr liegt, mit ihrem Lächeln umbringt. Ich kenne sie. Das ist die aus der Geschichte. Aus dem, was war. Jetzt, das heißt hier, auf der Parkbank, Piazza Roma, Imperia, habe ich nur dieses Photo noch. Die Tauben sind weg. Hier waren viele Tauben, nicht auf dem runden Rasenstück in der Mitte, nicht unter den Birken, aber auf den Steinplatten, jetzt nicht mehr. Jetzt kommt sie wieder und umkreist das Gras mit klackenden Schritten. Sagt, daß es mich friert, doch, doch der Winter kommt, ist manchmal schon da, wenn die Sonne zögernd unter den Wolken bleibt, von ungefähr Schatten auf die Grasspitzen treffen und auf ihnen verhalten. Ihre Mundecken verziehen sich, ganz wintergrau, als dämmerte es, verdunkeln uns auf den Bänken. Mir ist kalt, doch der weiße Atem, der mir vor dem Mund steht, ist Schweiß. Schnell nehme ich Lenes Hand, bevor alles zum Stillstand kommt. Rosina, die strickt auf der nächsten Bank, hebt den Blick nicht mehr vom Strickzeug. Der Alte, ihr Großvater, bleibt stehen hinter ihr. Die mit der schwarzen Bluse scheint zu schlafen, ein Tier auf der Brust. Nur der Junge im weißen Hemd reißt sich los von seinem Begleiter, während die andere mit klappernden Schritten vorübergeht, immer wieder vor uns vorüber, als schritte sie eine Front ab, hielte uns im Zaum, immer am Tellerrand der Grasnarbe entlang, ist schon braun drin und kalt, naß unter den glitzernden Grasspitzen, die verschlissen sind, zerfasert. Da, sagt sie, wo denn, fragt der Junge im weißen Hemd, der plötzlich vor ihr steht, ist wieder weg, sagt sie, Dämmer auf dem Rasen, der Erdboden gefrorene Tiefsee, Fischstäbchen, ruft er mit dünner Stimme, wirft, sein großer Kehlkopf zuckt, Brotkrumen mit fahriger Bewegung aus einem Beutel auf den Boden und schlägt sich ins durchsichtige Gebüsch. Sie hält sich am schwarzen Regenschirm fest, der spitz im Boden steckt, ist noch nicht gefroren, murmelt sie, will den Jungen zurückpfeifen ohne große Eile, er versteckt sich gut sichtbar hinter kaum armdicken Birkenstämmchen, stürmt dann los über den Rasen mit so ungelenken Schritten, daß das Gras unter den Sandalen hervorspritzt, sie lockt ihn mit Rufen, als gurrten Tauben kehlig, und er sinkt ein, sackt tief, wie Seerosenboden, seufzt sie verträumt, der Rasen tut sich auf, und die kalte Suppe schwappt über den Tellerrand auf den Weg, allen über die Schuhe, Fettaugen glitschen, und der Junge taucht unter in Nudelsternchen und Buchstabennudeln, Suppengemüse in Nase und Mund, hinein in die Rasenbrühe. Ich kann den Blick nicht von ihrem Gesicht wenden, sie hat Winter um den Mund, alle Altweibersommer fahnenhoch, Efeu im Steinhaar, und im Zittern der faltigen Hand am Regenschirm, die fünfzig Jahre älter ist als ihr Gesicht auf dem Photo, wird es einen Moment still wie damals das Lächeln, das war so die Zeit, denkt sie, Postkarten vor Augen mit gewellten Rändern und Flieder. Da ruft einer im Bademantel vom anderen Ende des Sees herüber, und sie wendet sich schnell zum Gehen mit ganz kleinen, gezackten Schritten, hält sich ein weißes Taschentuch vors Gesicht, geht mit Doktor Tichtel die Treppe hinunter, die zum Hafen führt. Und ich muß hierbleiben. Bin da, auch hier noch, das heißt jetzt. Der Zeit fällt nichts mehr ein. Es war wie Ebbe unter den Füßen, die Wasser zogen sich zurück mit der Zeit, und es tat ein wenig weh, die Stille vor allem, dann schon vorbei und vergessen, wie man einen Ton, den man beständig hört, irgendwann nicht mehr wahrnimmt und plötzlich bemerkt, daß es still ist, als wäre nie Stille gewesen. Aber man gewöhnt sich, und dann ist es vorbei und fast wieder wie zuvor. Es ist nichts, was viel mehr erfordern oder viel näher kommen würde, als ein Blick aus dem Fenster, wenn einem leicht schwindelt. Das ist alles. Man sollte sich damit nicht lange aufhalten. Auch kann man es nicht, nicht einmal wollen, vergißt es, auch wenn man sich zu erinnern versucht. Jetzt, nachdem nachdem ist, und das, was zu bleiben versprach, das Wirkliche, verschwunden ist hinter den Wörtern, hinter ihnen so, als wäre sonst kein Platz, erzähle ich es noch einmal, von diesem Anfang an, der so gut ist wie ein anderer, einmal noch kann ich es. Danach, ich weiß es, wird nichts mehr von alledem sein. Die Wörter selbst werfen sich schon klirrend zurück, ich spüre es und dachte doch immer, die Bilder seien den Wörtern gehörig, man müsse nur immer die Wörter entlang, die Fäden lägen von Wort zu Wort, und das da bin ich. Größe, Gestalt, Gewicht. Haare. Siehst du es. Augen, Nase, Mund, Lippen, wie es geschrieben steht. Zähne, Krone unten links. Vergiß nicht, die Wörter drehen sich langsam herum, und von ihrer Rückseite läßt sich nichts lesen. Ich weiß nicht, ob sie nochmals das Spiel mit mir spielen oder ob sie es gar nicht mehr wollen, mir zeigen, daß ich nicht zu spielen verstehe, zögernd huschen, sich verstecken, seltsam bleiben, daß ich raten, rätseln muß, mich verwundern über sie, über das, was war, was ist. Wie geht das Spiel. Man muß sich erinnern. Wie Metallspäne im Magnetfeld bilden sich Figuren im Text, Träume zuerst, Traum im fremden Gesicht. In den Augen. Im Gehen, das ein vages Erinnern wird, dieser Gang, das Pendeln der Arme. Wie die Hand in die Luft streift. Abbild der Wörter, ohne sie werde ich blind und erstarre. Nervöse Symptome, erste Anzeichen, würde Dr. Minks diagnostizieren, sähe er mich jetzt, beginnende Kontraktur des Nervus facialis, hysterisch. Doch noch weiß ich weiter. Unverzeihlich wäre es, täuschte ich mich darüber, wie es begann.

1.
Ich sagte,

dieses Bild bitte noch mal, Dr. Minks. Das ist ein Himmel, dunkelblau in der Nacht. Danke, sagte er. Das nächste. Dazu fällt mir nichts ein. Weiter. Da aber, eine Welle, ein Stein, oder ein Fenster. Er nickte. Gewonnen, Dr. Minks, ich weiß. Gut so. Weiter so. Und hier das nächste Bild.

Weiß nicht. Macht nichts, noch eins. Weiß auch nicht. Das reicht, dachte ich. Ist genug, sagte Dr. Minks. Zum Pfleger, das mit dem Transport sei zu regeln. Dann verabschiedete er sich von mir und wünschte viel Glück, es sei nicht länger notwendig, mich unter Aufsicht zu behalten, die Termine schon gemacht, bis dann, alles geregelt, ich könne ihn jederzeit anrufen, und außerdem, fügte er noch hinzu, sehen wir uns ja am Dienstag wieder. Er nickte mir zu, schrieb mir noch seine Privatnummer auf die Visitenkarte, und der Pfleger brachte mich durch den Gang zurück in mein Zimmer, damit ich meine Sachen packen konnte. Und morgen dann nach Hause, bemerkte er, während wir gingen, so, als freute er sich darüber, stapfte hinter mir, die schweren Schritte auf und ab im Gang, nichts hörte man sonst, rechts die Außenwand des alten Gebäudes, tiefe Fensterhöhlen, links die weißen Türen, bei jedem Fenster blieb ich stehen, die Schritte hinter mir hörten einen Moment lang auf, dann nahm er meinen Arm und schob mich weiter. Draußen regnete es. Er schloß die Tür hinter mir, das Geräusch seiner Schuhe wurde leiser, ließ mich hinter der Tür, wurde so leise, daß es verschwand, den Gang hinab, ich blieb allein. Im Park schrien Vögel. Das Fenster, naß vom warmen Regen draußen, spiegelte mein Gesicht, schloß mir die Augen. Leise sank zwischen Auge und Seele der Schleier der beide voneinander schied es sieht das Auge aber die Seele empfängt seine Bilder nicht sie zeuget eigene Bilder und schaut sie an mit dem Auge das noch niemand gesehen so gestaltet sich ein seltsam Leben es ist nicht Traum nicht Wachen es ist ein Weilen in selbstgeschaffenen Welten, Bleuler Seite vierzig. So war es, was suche ich. Darf nichts auslassen, kein Wort, selbst im

Traum nicht, den Dr. Minks gerne gewußt hätte. Die Träume selbst sind Wörter, das spürte ich schon damals, Wörter riechen metallen aus dem Mund, nach Kupfer schmecken sie in unseren Küssen, denn unter der Zunge liegen sie alle, wir finden sie nie, an unserer Statt, wie rostige Münzen, schweigende Wörter, Namen vielleicht, wenn die Zunge nichts mehr formt, das habe ich Dr. Minks nicht verraten. Nun ist es zu spät.

2.

Gefrierschnitt. Die Seiten des Buches fühlten sich glatt und kühl an.

Im Nacken saß mir die Sonne, als ich langsam durch den Garten um das Haus herumging zur Tür und hörte, wie das Taxi wegfuhr. Im dunklen Flur die Kommode mit den verzerrten hölzernen Gestalten ohne Gesichter. Es war so still, daß ich, als ich stehenblieb, zu hören glaubte, wie sie sich bewegten oder gar die Flügel des Drachens darüber, der sich um den Spiegel windet mit großen Klauen, leise knackten. Der Kopf mit dem aufgerissenen Maul zitterte einen Moment, dann nicht mehr, als ich in die Küche ging und das Kaffeemehl so selbstverständlich aus dem Schrank nahm, als wäre ich Ludwig, und nicht statt seiner als Lückenbüßer, auf Urlaub, in dieser Wohnung in Frankfurt, Wasser und Kaffee in die Kaffeemaschine füllte, im Kühlschrank war genug zu Essen übers Wochenende, ein kurzer Brief neben der Butter, es gehe ihm so weit so gut, er werde sich melden, es sei Geld da, ich solle mir einkaufen, was ich brauche, solle die Blumen nicht vergessen, fände schon alles, für Notfälle die Adresse, er habe kein Telephon, bis dann. Es war sonnig seit Tagen schon, fast noch Sommer, im Inneren des Hauses jedoch kühl, in der Klinik hatte ich die meiste Zeit im Freien verbracht, viel wärmer, dachte ich, kann er es in Italien auch nicht haben. Auf dem Terrassentisch lag aufgeschlagen das Buch noch, und seine Seiten fühlten sich glatt und kühl an, als ich darüberstrich. Wieder kam Sonne durchs Efeu. Auf dem Korbsessel neben dem kleinen Tisch gefaltet die blaue Decke, die Ludwig, meinem Bruder, auf den Knien gelegen hatte, als sich der Arzt gerade über ihn gebeugt, ihm eine Spritze gegeben, nur zur Beruhigung, Valium, gesagt hatte, und ich in der Tür gestanden, ständig zu Ludwig hatte hinsehen müssen, wie er dasaß und sich, als wäre ihm heiß, das Gesicht mit der Hand gewischt und mich angesehen hatte, als lächelte er. Das Lachen war durch seine Falten gehuscht und auch in seinen Augen, den kleinen, blauen Augen, immer feucht, als würden sie schwitzen, denen ich als Kind schon nachrief Schweineauge, Schweineauge, hatte lautes Gelächter gestanden. Wie er so dasaß, sah man nicht, daß er eigentlich recht klein ist, aber breit, mit kurzem, dickem Hals, großem, fast kahlem Kopf und dem Bauch, der seine Hemden spannt. Zehn Jahre älter nur als ich, aber sein Gesicht schon krank, an jenem Tag besonders, weich und zerfurcht, als wäre es zerkratzt ganz tief. Ludwig, hatte ich gerufen und war durch das schattige Gartenzimmer hinaus auf die Terrasse gelaufen. Ludwig, hatte ich wieder gesagt, und er hatte aufgeschaut aus dem Korbsessel und die blaue Decke auf seinen Beinen glattgezogen. Es war heiß und schattig hier draußen gewesen bis auf die Sonnenflecken, die das dichte

Gestrüpp des Efeus durchdrungen und auf dem Gesicht von Ludwig gespielt hatten. Ludwig, hatte ich noch einmal gesagt und den Kopf tief zu ihm hinabgebeugt. Er hatte nichts gesagt und dann, daß es ihm schon besser gehe. Jetzt drückte ich die Zigarette aus. Das Buch lag noch da, die Seiten fühlten sich glatt und kühl an. Ich setzte mich und nahm es auf die Knie, ein alter Anatomieatlas, so groß, daß ich als Kind kaum darin hatte blättern können, sah zu, wie schaukelnde Sonnenflecken die Zeichnungen zu beleben schienen. Es war still bis auf die Geräusche der Kaffeemaschine von der Küche her, mit denen das Wasser verdampfte, wieder kondensierte und in den Filter tropfte. Wir hatten Ludwig von der Terrasse ins Gartenzimmer gebracht, jeder einen Arm genommen, seine Füße hatten kaum die Schwelle übersteigen können, ihn in einen Sessel gelegt im Gartenzimmer mit den stets geschlossenen grünen Läden, in dem es immer dunkel ist, kaum erkennt man die Möbel, den Bücherschrank in der Ecke neben den Heizungsrohren, den dunklen, großen Tisch, auf dem Pflanzenkübel stehen, das Bild an der Wand, eine schattige Landschaft, und bis auf sein Atmen war es still gewesen wie jetzt. Dann war der Notarztwagen gekommen, hatte ihn mitgenommen, mich auf dem schmalen Sitz ihm zur Seite. Blutabnahme, EKG, Intensivstation, alles in Ordnung, hatte man mir gesagt, nur zum Infarktausschluß, das Herz braucht Zeit, um seine Narben zu zeigen, zwei Betten in einer Box, von Vorhängen begrenzt, Nitroperfusor, Elektroden, Monitor. Später Untersuchungen in der Kardiologie, Belastungs-EKG, Röntgen, Labor, Perfusionsszintigraphie, Coronarangiographie, Diagnose Typ A, Cholesterinspiegel, Adipositas, hoher Blutdruck, Herzrhythmusstörungen, Angina pectoris, Coronarinsuffizienz, Stenose des Ramus interventricularis anterior, man hatte zur Coronardilatation geraten, von der Leistenvene aus, das ist keine große Geschichte, hatte der Arzt erklärt, das macht man mit örtlicher Betäubung, führen wir per Katheter einen kleinen Ballon bis zur betroffenen Herzkranzarterie und sprengen dort mit dem Ballon die Verkalkung, überlegen Sie es sich bald, hatte ihm Visken retard gegeben, eine Tablette täglich, und Nitrolingual für die Anfälle, entspannen Sie sich, keine Zigaretten, Diät. Im Schlafzimmer lag die Matratze abgezogen im Bettrahmen. In der Schublade des Nachttischs fand ich Kopfschmerztabletten, Taschentücher und eine Uhr, die Ludwig wohl vergessen hatte, solarbetrieben, digital, das Anzeigenfeld leer, als ich sie aus der dunklen Schublade nahm, am Fenster aber begann sie bald, zögerlich zuerst, auf einer großen Flüssigkristallanzeige, gewissermaßen mit meiner Ankunft, die Zeit zu zeigen. Ich holte mir aus dem Wäscheschrank im Flur frisches Bettzeug und legte es auf die marmorne Platte des Nachttisches. Ging in die Küche, von der aus man durch ein kleines, efeubewachsenes Fenster die Straße und den Weg zum Haus sehen kann, und nahm die Kaffeekanne aus der Maschine, stellte sie mit Zucker, Tasse und Löffel auf das kleine Tablett und trug es in das Arbeitszimmer am Ende des Flures, gegenüber der gläsernen Eingangstür. Holte von der Terrasse noch den Aschenbecher und das Buch. Staub flirrte über dem Parkettboden vor den Bücherschränken, deren Scheiben die Blätter der Weide vor dem Fenster als grüne Lichtquadrate reflektierten. An drei Wänden Bücher, an der vierten die beiden großen Fenster, und zwischen ihnen der kleine Schreibtisch mit den geschwungenen Beinen. Auf ihm lagen Briefe, maschinenbeschriebene Seiten, Notizen, die ich nahm und in eine Schublade tat, bevor ich mich in den Sessel setzte, der mit der Lehne zum Fenster steht, neben mir auf dem Schreibtisch das Tablett, auf der anderen Seite das Sofa. Ich trank den Kaffee und wartete, doch nicht darauf, daß jemand komme, überlegte, in den Park zu gehen, der nicht weit entfernt ist von Ludwigs Wohnung, sah zu, wie das Licht irgendwann aufhörte, sich in den Scheiben der Bücherschränke zu spiegeln, und begann die Titel der Bücher zu lesen. Es hätte auch anderes gegeben, sicherlich, doch entzieht sich jetzt, was noch alles war, die Fäden blieben unverwahrt, und was noch zu Tage liegt, ist, daß ich immer wieder an jenem Nachmittag, kann nicht sagen warum, nach dem Anatomieatlas griff wie nach einem Spiegel. Auf der rechten Seite gezeichnete Gefrierschnitte von Körpern, Ausschnitte, auseinandergezerrt, verbogen und koloriert, die mir schon als Kind seltsam zwingend und doch unverständlich gewesen waren. Auf der linken Seite der erklärende Text, den ich nicht verstanden hatte, auch nicht mit Hilfe des Klinischen Wörterbuchs, Die Kunstausdrücke der Medizin, Berlin und Leipzig, 1930, das ich mir aus dem Schrank geholt und das mir doch, wenn ich mir als Kind die Ausdrücke buchstabierte, nicht die fremde Vertrautheit der Zeichnungen erklärt hatte. Stahlstiche mit unterschiedlichen Schraffierungen für Haut, Muskelgewebe, Knochen, die inneren Organe farbig, rot und blau die Blutgefäße, braun die Drüsen, sichtbar das alles durch geschickte Schnitte, die Einblick gewähren. Geschlossenen Auges die Aufgeschnittenen. In der nächsttieferen Schicht liegen die platten Muskeln welche vom Sternum zum Zungenbein gehen, las ich wahllos, Geschichte auf Geschichte, die tiefe Halsfascie umhüllt die Muskeln und füllt den freien Raum zwischen ihnen aus durchtrennt man sie so sinken die Muskeln nach der Seite zurück dann liegen Kehlkopf Isthmus der Schilddrüse und Trachea frei, und immer so weiter, als wären es Biographien, Ammenmärchen, las ich wie schon als Kind, und mir fiel ein, daß ich damals einmal in den Zeichnungen etwas gefunden hatte, eine Gestalt, die mich besonders interessiert hatte, und nun begann ich die Seite zu suchen, blätterte, überlegte, ob diese oder jene, unsicher, obwohl ich mich genau an den Ausdruck eines Gesichtes zu erinnern glaubte, der unter den Entstellungen auffällig sichtbar geblieben war und der auf eine bestimmte Weise Bezug zu nehmen schien auf die erklärenden Mißhandlungen, die den Körper lesbar machen sollen, ihn auflösen in farbige Flächen, in aufgeklappte und zerlegte Segmente, in die Fläche des Papiers selbst, ein Ausdruck, den sich die Gestalt, wie es mir als Kind erschienen war, schweigend an wenigen Stellen, erahnbar in der Haut und in den Knochen, bewahrt hatte. Der Mund ist es, wußte ich plötzlich. Nein, sagte der Mund, und als ob ich erwachte, schaute ich das Buch auf meinen Knien an, die Zeichnung, die ich, ich weiß nicht wie lange, ob es später war, angeschaut haben mußte, auf der Haut spürte ich das kühle Metallarmband der Uhr, dessen Glieder sich manchmal an den Haaren des Handgelenkes festbissen. Nein, sagte der Mund. Doch, nein, doch nicht, hörte ich es wieder, beinahe entschuldigend, nein, doch nicht, als ob ein Versprechen nicht eingelöst werden könnte. Nein, sagte der

Mund, schüttelte den Kopf, und die Augen sahen mich an, die Hand erschien im Ausschnitt der Buchseite, und zärtlich unaufmerksam tasteten die Finger über den offenen Schädel hin, behutsam bemüht, nichts zu verletzen. Noch wußte ich nicht, und die Gestalt wohl auch nicht, und es war, als hielten wir den Atem an, ob die sezierte Oberfläche des Kopfes Bestand haben würde an der Luft, da ließ mit einemmal die Hand von den roten und blauen Linien ab, und der Arm fiel, zuerst schien es mir, müde, aus dem Bildausschnitt der Buchseite heraus. Doch, sagte der Mund, es geht, der Kopf drehte sich aus dem Halbprofil mir zu, die Buchseiten begannen zu rascheln, sich zu überschlagen, und nahm alle Teilansichten seiner selbst, die auf den folgenden Seiten gezeigt waren, in sich auf. Doch, sagte der Kopf, es geht doch, stieg aus dem Buch und zog dabei einen Körper nach sich. Es ging ganz leicht, wie von selbst auf meinen Knien, so als erfände ich die Gestalt, kam sie aus dem Papier, das glatt war, und als zerrisse etwas, eine Folie, eine Übereinkunft, hielt es dem nichts entgegen, ergab sich in das Geschehen, es blieben die Seiten im Buch leer und ausgewischt zurück, und vor mir auf dem Boden saß ein Mädchen. Und schon hatte ich Angst um sie, sah ich doch, daß, wie es Prof. von Bardeleben, 1903 ist der Anatomieatlas erschienen, im Begleittext zu Fig. 12 beschreibt, das Schädeldach entfernt worden war, die Organe im oberen Abschnitt der Augenhöhle freipräpariert und durch Wegnahme der Lamina cribrosa die Nebenhöhlen der Nase weitläufig eröffnet und freigelegt worden waren. Vorsichtig, verwirrt noch, wischte, rieb sie sich über die geöffneten Nasennebenhöhlen, tastete in die Ohren hinein, die pneumatischen Nebenräume, den Gehörgang, leicht und sanft, als wäre sie sich selbst unbekannt, griff sie schließlich in den offenen Schädel, als kitzelte sie die Farbe in ihrem Kopf, auch das zerschnittene Lid schmerzte wohl ein wenig, die Farbe, mit der, sie sah es nicht, spürte es aber genau, die verschiedenen Gehirnregionen markiert worden waren, Fig. 4, Laterale Konvexität des Großhirns Furchen und Windungen die Funktion jeder einzelnen Region ist auf der Figur selbst farbig eingetragen Bein und Arm blau Muskelsinn grün Sehen Hören Lesen gelb Schreiben Sprache Mundfacialis Zunge Kehlkopf Kauen Schlund Augenmuskeln Sprachverständnis Schmecken Riechen gelb die sensorische Region der lateralen Konvexität zerfällt in drei Hauptabschnitte erstens in die Sphäre des Muskelsinnes im oberen Scheitelläppchen ist dieses links zerstört so weiß der Kranke bei geschlossenen Augen über die Lage und über passive Bewegungen seiner rechtsseitigen Gliedmaßen nichts anzugeben zweitens in die Sehsphäre hinter der Fissura parietooccipitalis es ist wahrscheinlich daß der auf der lateralen Konvexität gelegene Teil der Sehsphäre speziell die optischen Erinnerungsbilder die Gesichtsvorstellungen beherbergt und mit den optischen Empfindungen nichts zu tun hat Zerstörung desselben führt daher zur sogenannten Seelenblindheit d. h. die Kranken sehen noch alles erkennen aber die Gegenstände nicht wieder drittens die Hör- Schmeck- und Riechsphäre im Schläfenlappen bei Zerstörung der mit Sprachverständnis bezeichneten Stelle der sogenannten Wernicke'schen Stelle tritt sogenannte sensorische Aphasie ein die Kranken hören jedes Wort erkennen aber die Wörter nicht wieder und verstehen sie daher nicht. Sie sah nicht, wie die Sonne die Hirnwindungen und die farbigen Flächen hell und dunkel schattierte. Ihre Augen, auch das verletzte, blickten wie verschleiert, vielleicht ist sie noch müde, dachte ich, und, sag doch was. Prof. von Bardeleben erläutert im Begleittext, es handele sich um den Gefrierschnitt einer Fünfzehnjährigen, und weist auf eine Besonderheit, die Zungenspitze ist zwischen den Schneidezähnen eingeklemmt, des Präparates hin, sichtbar gemacht durch die halbseitige Entfernung der Unterlippe. Sie öffnete den Mund, als wäre das schwieriger als alles, und schluckte vorsichtig. Ich sah ihre Zunge langsam im Mund hin- und herfahren, eine kleine Beule in der Haut ihrer Wange, hin und her wie ein Bonbon im Mund eines Kindes. War sie zuvor unbeweglich aus dem Buch aufgefahren, schienen dies ihre ersten eigenen Bewegungen zu sein, und sie lächelte zufrieden. Ich konnte meinen Blick nicht von ihren Augen nehmen, die nichts sahen und doch Freude über etwas lange Erhofftes auszudrücken schienen. Dann stand sie auf, beugte sich über mich, über das Buch auf meinen Knien, lächelnd, als entschuldigte sie, daß sie etwas besser könne als ich, schlug es weiter hinten auf, und das Bild begann zu zittern, die Seiten des Buches flatterten, als fegte Wind über sie hin, ein Mann schlüpfte aus der Seite so leicht als fiele er aus dem Buch heraus und müßte sich nicht, gehend, in die Luft über den aufgeschlagenen Seiten hinaufwinden, um aus dem Papier auszusteigen. Mein Blick irrte durch diese plötzliche Bewegung von ihrem Gesicht ab, aus den Augenwinkeln sah ich, daß er, als würde er die Wohnung kennen, ohne zu zögern ins Bad ging. Er ist mein Arzt, sagte sie, und als ich sie wieder ansah, saß sie neben mir auf dem Schreibtischstuhl, ihr Blick nicht mehr leer, die Beine ein wenig gespreizt, ein junges Mädchen mit kleinen Brüsten und knochigen Hüften. Hat er nicht einen hübschen Hintern, fragte sie mit schwerer Zunge. Ich ging, ohne zu antworten, ins Schlafzimmer, um Morgenmäntel zu holen, den von Ludwig und den weißen langen Frotteemantel mit Kapuze, der noch von Ludwigs Frau im Schrank hing, wie ich wußte, warf ihn ihr hin und mied dabei ihren Blick, der nicht, dessen bin ich mir sicher, überrascht war, und sie zog ihn an, während aus dem Bad erst das Geräusch der Toilettenspülung, dann des Wasserhahns zu hören war. Sie lächelte ihm zu wie zur Begrüßung, als er wieder in der Tür stand und ich ihm Ludwigs Bademantel hinhielt, der ihm viel zu groß war und dessen Ärmel über seine Hände hinwegfielen wie auf Bildern des sechzehnten Jahrhunderts pelzbesetzte, weite Mäntel, ohne daß ihn das störte. Im Gegensatz zu ihr war er unverletzt. Er setzte sich in einen Sessel und sah mich an, als erwartete er, daß ich jetzt mit etwas begänne, das lange verabredet war. Eine Weile war es völlig still, nur hustete er manchmal, räusperte sich, was weiter geschah, lege ich erstaunt in die offenen Hände der Wörter.

3.

Biographisches. Es war einmal. Es war einmal,

sprach er vor sich hin, als lockte er mich mit einer Geschichte, und nickte dabei beruhigend mit dem Kopf. Die beiden saßen mir in ihren Morgenmänteln gegenüber, ich hatte Tassen geholt, Zucker und Milch, gewartet an der Tür, gezögert, als ich die beiden da sitzen sah, zu verstehen versucht, was geschehen war, komm doch, setz dich, hatte sie mich aufgefordert, es war einmal, es war einmal, seine Stimme hatte einen harten, kehligen Akzent, den ich nicht kannte, ein alter Mann, der hatte zwölf Kinder und mußte Tag und Nacht arbeiten, nur damit er ihnen Brot geben konnte. Als nun das dreizehnte zur Welt kam, wußte er sich in seiner Not nicht zu helfen, lief hinaus auf die Landstraße und wollte den ersten, der ihm begegnete, zum Gevatter bitten, lief immer weiter in seiner Not, bis ihm der liebe Gott begegnete und sprach, du dauerst mich, armer Mann, ich will Pate deines Kindes sein und dafür sorgen, daß es glücklich wird auf Erden. Der Alte aber antwortete, ich will dich nicht zum Paten meines Kindes, denn du gibst den Reichen und läßt die Armen hungern, ließ den lieben Gott stehen und ging weiter. Da begegnete ihm der dürrbeinige Tod. Die Gestalt im Morgenmantel unterbrach sich, hustete, das Mädchen legte ihre Hand auf seine, lächelte ihm zu und sagte, du dauerst mich, ich will dein Kind aus der Taufe heben, hat es mich zum Freund, kann ihm nichts fehlen, ich will es zu einem Doktor machen, dann schwieg sie und sah ihn an, auffordernd, daß er weitererzähle. Er sagte, das bin ich zufrieden, du machst keinen Unterschied und holst den Reichen wie den Armen. Morgen ist Sonntag, da wird das Kind getauft, stell dich zur rechten Zeit ein. Der Tod erschien wie versprochen. Später dann, als ich zu Jahren gekommen war, trat mein Pate aus dem Nichts zu mir heran und hieß mich mitgehen. Er führte mich hinaus in den Wald und zeigte mir ein Kraut, das da wuchs. Dies ist dein Patengeschenk, fiel ihm das Mädchen ins Wort, wie ein Kind seinem Vater ins Wort fällt und das Märchen zu Ende erzählt, das es schon allzuoft gehört hat, jetzt sollst du ein berühmter Doktor werden. Wenn du zu einem Kranken gerufen wirst und du siehst mich zu seinem Haupte stehen, so hat es nichts zu sagen. Laß ihn am Kraut riechen und salb ihm die Füße damit, dann wird er bald wieder gesund. Stehe ich aber zu den Füßen, dann ist es aus, dann will ich ihn haben, und unterstehe dich nicht, eine Kur anzufangen, sondern sage, daß alle Hilfe umsonst sei und kein Arzt der Welt ihn retten könne. Damit gab der Tod mir das Kraut, und ich wurde ein berühmter Arzt, erläuterte die männliche Gestalt, und es hieß von mir, ich bräuchte den Kranken nur anzusehen, um zu wissen, ob er gesunden oder sterben werde. Währenddessen stand sie auf, und als keiner mehr etwas sagte, war ihre Hand plötzlich an meinem Nacken. Ludwig fiel mir ein, als ihre Hand sich kühl und leicht meinem Hals anlegte.

4.
Mit der Hand im Nacken

hörte es auf, in meinem Kopf zu strudeln, und es schien mir beinahe selbstverständlich, daß die beiden mir gegenübersaßen und mit mir Kaffee tranken, gekommen, ich weiß nicht wie, aus dem Buch. Ich war auf Urlaub, sozusagen nur in Vertretung hier, und mußte mich vor Ludwig, der fort war, nicht rechtfertigen, wußte aber, wäre mir dieses Mißgeschick irgendwann, im dunklen Gartenzimmer etwa, passiert, und ich hätte dagesessen wie jetzt und Ludwig wäre hereingekommen, hätte mich überrascht, in der Tür gelehnt und auf mich herabgesehen, ich hätte, wie immer, nicht gewußt, was sagen, und mich schuldig gefühlt. Das Buch auf den Knien, die beiden vor mir auf dem Boden, alles wäre mir peinlich gewesen. Und Ludwig hätte von der Tür her auf mich herabgesehen, lächelnd, ich weiß es, und ich hätte die Blicke der beiden unangenehm gespürt, es selbst deshalb als Mißgeschick empfunden, und Ludwig hätte von der Tür her lächelnd und leise zum Beispiel gesagt, der kannst du in den Kopf wichsen, hätte er gesagt. Gut, dachte ich, daß er in Italien ist. Die Hand an meinem Nacken fiel auf die Schulter und kroch dann, weich und zärtlich wie zum Trost in mein Hemd. Daß die beiden bei mir waren, störte mich nicht, war mehr so, als rückte ich ein Stück zur Seite, froh darüber, nicht mehr allein zu sein. Sie roch aus dem Bademantel nach Schweiß und nach etwas anderem, Formalin vielleicht, damit konserviert man doch Leichen, überlegte ich, hoffte, daß sie nicht wußten, was ich dachte, möglicherweise hörten sie, warum nicht, als erzählte ich Geschichten, meine Gedanken und unterhielten sich dabei. Ich schaute auf meine neue Uhr und glitt so mit der Schulter unter ihrer Hand weg, deren Berührung angenehm war, daß es mich ängstigte, Mittag lange vorüber, so ging das doch nicht weiter, meine Gedanken schlingerten, es war einmal, es war, wie das wohl wäre, wenn man zu erzählen begänne, die Wörter ähnlich wären und mit Leichtigkeit möglich, daß ich die beiden einfach erfunden hätte, Geschichten geschmeidig von der Hand gingen, so als wären sie selbst es, die sich erfänden, und als wäre man selbst, wirklich, eine Figur in den Wörtern. Gern wäre ich da ein anderer gewesen, dachte an Ludwig, der einfach verschwunden war, welcher Zauber das wohl sein mochte, der die Wörter gefügig macht, hätte die beiden gern gefragt, aber sie sahen mich nur stumm an, das Frauengesicht erschien über meiner Schulter, nein, sagte sie, so einfach ist das nun doch nicht, und begann zu lachen, ihr Auge rollte in der blutigen Höhle, und der aufgerissene Kopf schüttelte sich in solchem Gelächter, daß das graue Hirn zuckte. Doch damit begann es, und ich weiß nicht, ob die Figuren ähnlich werden und wem auch, ob ich selbst es bin, der ähnlich wird, wem denn, aber jedenfalls hielten sie still, solange ich in Gedanken erzählte, folgten meinem Mund, hingen an meinen Lippen, während das alles mir unter der Hand entstand, schweigend zuerst und langsam. Selbstverständlich dachte ich an jenem Nachmittag insgeheim daran, Dr. Minks zu verständigen, denn schließlich schien das alles nichts als eines meiner psychischen Probleme, keine andere Erklärung möglich als die, daß es sich um jene durchlässigen Stellen, Poren, handeln mußte, mit denen man modellhaft immer arbeitet, wenn man sich darum bemüht, psychische Reaktionen, Ausfallerscheinungen, Abweichungen zu verstehen. Aber in jenen Stunden, als meine Gedanken umherschlingerten und ich die Angst wieder spürte, die für die Anfälle bezeichnend ist, in denen man in Durchgängen gefangen zu sein glaubt, eine Art von Lähmung, nur dasaß und die Hand der weiblichen Gestalt meinen Nacken beruhigend entlangstrich, da verstand ich plötzlich den Fehler. Die Annahme, daß das, was ich als durchlässige Stellen verstanden hatte, wirklich Organisches widerspiegeln könne, eine Mechanik, war falsch. Immer hatte ich darauf vertraut, daß gelenkähnlich, maschinenhaft oder zumindest als statische Figur, etwas wie eine Brückenkonstruktion oder ein Tunnel erkennbar sei.

Als ich den beiden das erklären wollte, dabei hoffte und zugleich fürchtete, ihnen damit zu beweisen, daß sie erfunden sein müßten, verstand ich mit einemmal, daß ich nichts belegen, nichts beweisen konnte, da es sich nicht um räumliche, sondern zeitliche, in ihren Ausmaßen winzige Öffnungen handelt, die sich für Momente öffnen, um wieder zu verschwinden, weder in Spuren noch als Ruinen auffindbar, sondern Geschehen selbst, das sich nur in der Erinnerung aufbewahrt und deshalb höchst verletzlich, weil vergeßbar ist. Da wußte ich, daß es mir überhaupt nicht möglich sein würde, auf die beiden zu deuten, wenn das alles einmal vorbei sein sollte. Bestens versteckt in der Zeit, dachte ich, und wie komm ich da raus, als er ihr Papiertaschentücher vom Tisch reichte und sie sich sanft im Kopf die Wunde abtupfte, die nun wohl doch zu nässen begann. Dann setzte er sich wieder neben sie auf das Sofa, so, als hätten sie mich zu etwas überredet und warteten nun, daß ich anfinge. Was blieb mir auch.

5.
Die Reise entlang einer Linie

beginnt wie an jenem Nachmittag, als Ludwig nebenan geschlafen hatte und ich in den anatomischen Zeichnungen, ohne etwas zu finden, den Schraffuren und Umrißlinien gefolgt war, als könnten sie an irgendeiner Stelle die Krankheit in einer Arabeske verschlüsselt erklären, den Infarkt abbilden. Ludwig hatte beschlossen, für einige Zeit nach Italien zu fahren, eine Hafenstadt, ein Zimmer am Meer, Ligurien, obwohl der Kardiologe ihm geraten hatte, zumindest im Sommer solle er nicht reisen, die Hitze, das Herz, fahren Sie mit dem Zug, schonen Sie sich, keine Anstrengung. Auch Dr. Minks war besorgt gewesen, daß ich für diese Zeit, nur ein paar Tage, erklärte ihm Ludwig entschuldigend, das ginge schon, allein in der Wohnung bleiben sollte. Wie doch plötzlich die Ärzte Ludwig mit jener Rücksicht behandelt hatten, die meine Sache gewesen war und von der ich nie erwartet hatte, daß er mir darin gleich werde, ich plötzlich eigenständig gegen ihn, als ich bei Dr. Minks durchgesetzt hatte, ihn im Krankenhaus besuchen zu dürfen, in der Wohnung zu pflegen, bei ihm zu sein während der Tests in der Klinik. Doch auch wenn ich mich um ihn gekümmert hatte, heißt das nicht, daß ich mich an jenem Nachmittag für verpflichtet hielt, den beiden Gestalten, die dasaßen und warteten, ein wahres Bild von ihm zu entwerfen. Ich erzählte ihn, machte ihn, dachte mir Ludwig aus, schemenhaft, wie es seine fette Gestalt, die verschwand und wiederkam, immer gewesen war, machte ihn so, als griffe ich ihm ins Gesicht, in seinen Bauch mit beiden Händen, zum erstenmal ganz auf meine Verantwortung, und fühlte mich dabei am Freitag, als hätte ich eine Blankovollmacht und spielte mit den Mitteln, über die ich durch die Störungen verfügte, die mir Dr. Minks immer bescheinigt hatte und die Ludwig als Anlässe recht gewesen waren, um sich von mir zu unterscheiden. Auch weiß ich erst jetzt, wie sehr ich mich täuschte, als ich die seltsamen Ereignisse dieser Tage nur als Phantasmagorien begriff, als verrücktes Spiel mit der Erfindung, hinter dem Rücken von Dr. Minks, der sicherlich alles ins Lot, in die Ordnung der Vernunft brächte, überlegte ich mir, und beschloß daher, ihn nicht zu konsultieren. Es war also kein Mangel an Erinnerung, der Ludwig in meiner Erzählung veränderte, sondern die Geschichte selbst, an deren Anfang ich stand, und damit auch Ludwig, in der ich tagelang lebte, und die sich ungebührlich dehnte über die Zeit hinweg und den Ort bis zu ihm. Wortgeklapper fremder Sprache hat er plötzlich im Kopf, über Land, übers Land hin, über die Zeit, bis die Augen abstumpfen, als rieben sie sich, und nicht die Landschaft am Zugfenster und die Erinnerung in der Fremde zu Anfällen verkommt, nur weiter, dachte ich und vergaß darüber meine Angst, Annette Haven erobert die verlassene Stätte des Traums, die Kinoplakate hängen schon in Imperia, doch das weiß Ludwig noch nicht, nicht aufhören, stumpfer werden, nichts haftet mehr, die Leben der anderen sind andere Leben, nur unter der Hand macht die Sehnsucht daraus Verwandtschaft, bis die Ankunft sie zerreißt mit ihrer hellen Wachheit in der immer gleichen Fremde, wohltuend nur dann, erwartet man, was man verläßt, denkt Ludwig langsam und schlenkernd, wie einen ein Zug aus der Kurve tragen könnte, daran, daß er Unsinn denkt, lachend während seiner Reise entlang einer Linie. Und die beiden in ihren Morgenmänteln nickten mir zu, als ich aufstand und ihnen erklärte, ich müsse zuerst einmal eine Karte holen, wenn sie wissen wollten, wo Ludwig jetzt sei, auf dem Fußboden dann die Straßenkarte 1:800 000 entfaltete, die Ludwig vor Jahren anläßlich einer anderen Reise gekauft hatte, als er quer durch Italien gefahren war ohne längeren Aufenthalt in all den Städten, die die Karte zeigt. Mit dem Finger folgte ich den farbigen Adern, die die Karte überziehen, Straßen, Schienenstränge bedeuten und von einem wirklichen Ort zu einem anderen führen. Doch hielt ich mich nicht weiter mit dem Wirklichen auf. Es war mir nicht daran gelegen, die farbigen Striche, Kreise und Schattierungen mit jenem Land in Zusammenhang zu bringen. Vielmehr folgte ich den Angaben der Karte so, wie man dem Fadenverlauf eines Stückes Strickware folgt, ohne auch nur daran zu denken, daß, zwei links zwei rechts, der Faden für irgendetwas anders stehen könne als für sich selbst. Der IC 19.44 Uhr, täglich außer samstags von Frankfurt ohne Schlaf- und Liegewagen über Basel nach Mailand, Ankunft Milano Centrale 4.40 Uhr, Umsteigen in den Riviera-Expreß. Vielleicht sollte man ein Haus haben, denkt er, rotes Dach, der Himmel öffnet sich nach einer Stadt, Häuser treiben, der Himmel wieder, Regenwolken, dann wieder Sonne, eine Gartentür, die Mittelgebirge zittern in ihrer Wölbung mit dem leisen Regen, als schliefe unter ihnen ein Tier, auf dem Land, er weiß nicht wo, an der Gartentür ein Weg, denkt er hinein in ein Land, dessen Sprache er nicht versteht, so unbedarft, daß es ihn alleine läßt, schaltet das Licht aus, es verlöscht nicht, behält grünen Schimmer, der sich nicht verdunkeln läßt, sieht den Lichtecken zu, den Lichtschatten von Straßenlampen, Fenstern ohne Jalousien oder Vorhänge, Autoscheinwerfern, nie, niemals sieht er offenes Feuer, Leuchtreklamen auf den Straßen und Lichter auf den fraglos vielen Bäumen und Hügeln, Häusern, alles fremde Geschichten, in denen man mit einem Bein allzuleicht steht. Er lacht, daß es ihn schüttelt und ihm der Bauch wippt bis zu den Beinen, so hat er immer gelacht, kenne ich, lacht mit offenem Mund und geschlossenen Augen, lacht immer drauflos, fragt sich, was kann man schon verlieren, ob er wieder arbeiten wird, zuerst ein rotes Dach, die Routine bleibt einem, die Werkzeuge griffig in jedem Material, fündig mit allem, was das Herz begehrt, lachend beugt er sich vor und verschlingt sich und sein Gelächter mit sich, wie ich es kenne, daß es wehtut nur vom Zusehen, hustet, ein Speichelkloß im Hals, der Himmel, denkt er, ach nein, die Hand, weiß nicht, was soll es bedeuten, die Wörter Wunden, in die keiner mehr die Hand legt ohne Zweifel. Was soll man denn glauben, ist doch zum Lachen, nicht weiter gefährlich, sagte anfangs der Arzt, dann aber doch, daß er ein Herz hat, dessen Schläge sich nicht zu entscheiden wissen für einen Rhythmus, er kannte das ja schon lange, das war nichts Neues, er hörte es nachts, wie die Schläge zu zögern schienen, ausblieben ganz kurz, bevor sie den Takt wiederfanden, auch die Schmerzen, einige Male schon, waren wieder vergangen. Und jetzt ist es plötzlich gefährlich, und wenn er hört, wie sein Herz nicht fraglos und gleichmäßig schlägt, sondern stolpert und hüpft, macht ihn wütend, wie es zögernd die Zeit sagt, ohne Verlaß, kein Spiel mehr, einmal wird es, da weiß man nicht wann, hatte der Arzt sehr sanft gesagt und sich über den Monitor gebeugt, aufhören, die Operation ist unumgänglich, bald, bald, hatte Ludwig erwidert, jetzt nicht. Das dumpfe Grollen und mechanische Ächzen des Rangierens auf dem Brenner, Kälte kommt ins Abteil, er erlebt es im Halbschlaf. Am Morgen dann wird es warm. Ich kniete über der Karte am Boden im Arbeitszimmer, und die beiden, er im Sessel, sie, das Kinn in die Hände gestützt, auf dem Sofa, sahen mir aufmerksam über die Schulter, als ich zögerte und nicht wußte, wie weiter und was sagen. Es war, als wäre etwas hinter meinen Augen, sagt ihr doch was, so ist es eben, da und dort, das ist doch nicht wichtig, was wollt ihr damit, laßt ihn doch in Ruhe, schrie ich und hatte ein Gefühl wie auf der Netzhaut ein Stäubchen oder eine Mücke, doch nicht wegzuwischen, sondern irgendwo dahinter, und das gerann zu Wörtern, ich konnte nicht wegsehen, es setzte sich fest, verfestigte sich mehr und mehr, während ich aufstand und zum Fenster ging, die beiden über meine Aufregung lächelten, einfach warteten, bis die Geschichte ins Rollen kam in meinem Reden, rumpelte und schaukelte in ihren Anfängen wie Ludwigs gefährliches Herz, und als dürfte ich nicht aufhören, sprach und zuckte und ruckte ich vor Aufregung so vor und zurück und hin und her und an und aus, daß die Geschichte sich, wie mir schien, unverständlich und wirr überschlug in meiner Rede, um sich schlug mit es war und wird sein und zusammenschlug über meinem und auch Ludwigs Kopf, als ich von Ludwigs Fahrt erzählte, wie er schläft und hustet, die Heizung der Züge täuscht im Schlaf den Eindruck von Krankheit vor, trockenen Mund, tränende Augen, Kopfschmerz und Schnupfen, er träumt und wacht auf und so weiter, lacht wieder, beinahe im Schlaf, und ich redete, und er wird alt dabei, und so weiter ohne Ende, daß es weh tut und

6.
Übers Ziel hinaus.

so weiter, fiel sie mir ins Wort, ohne mich anzusehen, und beendete meinen Satz, den Blick auf der Karte im Leeren. Sie verstehe gut, worauf ich hinauswolle. Daß einer das nicht könne, am Ende anhalten, und sie sehe auch ein, daß das Ludwig schwerfallen müsse, wer würde denn nicht gern über das Ziel hinausschießen wollen, gerade über dieses, an dem eigentlich Schluß sein sollte, auch wenn das heiße, über den Tod hinweg, der die Geschichte beenden will, Ende, aus, Ruhe, aufhören. Aber es bleibt einem doch nichts übrig, fuhr sie fort, als wollte sie sich rechtfertigen und alles andere, sie sah mich fragend an, als erwartete sie meine Zustimmung, wäre das nicht wirklich gespenstisch. Das Reden einer Stimme, deren Mund längst schweigsam sein sollte, tot oder was man so heißt. Und ob ich mir überhaupt ausmalen könne, welche Konsequenzen das hätte, wenn einer weiterhin noch da wäre, selbst dann noch, wenn gar keine Luft mehr da ist zum Atmen, der Vorhang gefallen, Lichter gelöscht, die Zuschauer gegangen, der Blick gebrochen. Sie kenne das, und was es bedeutet für einen, sehr gut aus eigener Erfahrung und könne natürlich verstehen, wenn einer wie Ludwig sich trotz allem noch Hoffnungen mache, denn am Ende anhalten, wer kann das schon. Aber ob ich denn wirklich glaube, fragte sie lächelnd, und der im Sessel beugte sich herüber zu mir, gespannt auf meine Antwort, als kenne er die Frage schon, bevor sie ausgesprochen war, daß es einem möglich sein könne, unbemerkt gewissermaßen, über das Ziel hinauszuschießen, und wieder gruben sich ihre Finger in mein Haar. Das hieße doch, sich irgendwann nach seinem eigenen Tod umsehen zu müssen, verwirrt, überrascht, weil das Leben plötzlich nicht mehr nachkommt, nur bis zu jenem Punkt, an dem es am Tod vorbei müßte, der dort steht und auch nicht weiter kann, und man selbst stünde längst woanders, sähe sein Leben immer wieder an jenem

Punkt in Deckung gehen, sich verbergen. Sie schwieg einen Moment, stand auf und trat wieder hinter mich. Das könne doch nicht gut sein, so etwas, fügte sie hinzu, ohne meine Antwort abzuwarten, das könne nicht gut sein, unglücklich muß doch jeder darüber werden. Ich befreite unwillig meinen Kopf mit einer schnellen Bewegung aus ihrer Hand, mit der sie mir wieder, in Gedanken versunken, durchs Haar zu streichen begann. Da lachte sie und forderte mich durch ein Nicken auf, weiterzuerzählen.

7.
Ankunft, Aussicht.

Von Mailand über Vigevano, Alessandria, Savona weiter bis zur Grenze bei Ventimiglia, im Riviera-Expreß, einem Lokalzug, der in den meisten Orten an der Strecke hält, im Abteil ist es trotz des geöffneten Fensters heiß und stickig, und immer, wenn der Zug Fahrt aufnimmt und frischer Wind ins Abteil kommt, bremst er auch schon wieder ab und nähert sich dem nächsten Halt. Imperia. Eine Gußeisenkonstruktion wölbt sich über den Bahnsteig und den wartenden Zug hinweg, der von hier immer weiter am Meer, bis nach Frankreich, entlangfährt, das Glasdach zittert grell in der Sonne, der Schweiß läuft Ludwig in die Falten unter dem Kinn, niemand im offenen, dunklen Bahnhofsgebäude außer ihm, die Tropfen kitzeln seine Nase und kriechen ihm um die Augenlider, tourist information, informazione turistica. Er verständigt sich mit dem wenigen Englisch, das er mit dem dunkelhaarigen Mädchen im pinkfarbenen Poloshirt gemein hat, zeigt ihr den Zettel mit der Adresse, und sie deutet auf den Platz vor dem Bahnhof hinaus, Palmen, Parkplatz, Taxi, er gibt dem Fahrer das Papier, versteht nicht, was der antwortet, doch er fährt, es ist ihm gleich, kühler Wind kommt durch alle Fenster. Über die Gleise hinweg hinein in den Ort, der sich langgestreckt einem Ausläufer der ligurischen Berge anlegt, irgendwo unten, kurz über die Brüstung gesehen, das Meer, dann Häuser, Corso Garibaldi liest er, dann langsam und kurvig hinein in die Altstadt, Parasio, hatte sie ihm aufgeschrieben, Piazza Miradore, der Blick ist Gold wert, denkt er, weit unten der Hafen, soweit man es zwischen den hohen Altbauten sehen kann, die alle schräg auf dem Hügel stehen, als balancierten sie sich ständig neu aus, fünf oder sechs Stockwerke hoch, verkommen in der Zeit, aus der Zeit geraten mit bröckelndem Putz und schiefen, feuchten Wänden, Hintereingänge mit steilen Treppen zu den ehemaligen Dienstbotenzimmern, eines davon seines. Immer höher dreht sich die Treppe quietschend mit jedem Schritt in das Haus hinein, ganz nah und eng an den Mauern entlang, immer herum um die dünne leere Säule mit Licht in ihrer Mitte, dreht sich immer höher in das Haus in diesem Schacht, den sie durchschneidet, öffnet sich zu einem Raum, ein Fenster, abgetretener Boden hoch oben, so hoch, als wäre Luft der Sand, auf den man provisorisch Dielen gelegt hat, gehalten weiß nicht wovon, von einem dünnen, unmerklich schwankenden Stamm, einem Drahtseil, wo macht es fest, schwebend vielleicht der Schacht in der Luft, Treppengehäuse hineingestellt, freischwebend, die Wände sind Täuschung, die Tür ist Attrappe, Ludwig schließt sie auf und geht durch den Raum. Setzt sich in den Sessel am Fenster, hier also.

Die ganze Stadt liegt draußen, ockerfarbene Häuser, unten das Meer, fragt sich, fällt die Stadt am Abend hier herein, was hört man für Geräusche, wenn es dunkel wird, Stimmen von unten, wie ist das, pochen die hier herauf oder kommen müde die Treppen hoch, sind die windigen Fenster nicht gefährlich weit offen, ist der Himmel so nah, daß die Wolken Platz finden auf dem Dach, ein Zinkdach, auf das der Regen hämmern wird. Das Fenster reicht an den Boden heran und frisches Licht weit in den Raum. In den Ecken große Schatten. Die Gardine fällt auf dem Boden in Falten, leichter Stoff ohne Muster, dessen Weiß vor dem Fenster hinaufspringt zur Decke. Helle Stellen an der Wand, fehlende Bilder, ein Stuhl neben dem Bett als Nachttisch, der alt aussieht und schmal geworden. Die Holzdielen ausgebleicht. Das Waschbecken neben der Tür glänzt, als wäre es feucht. Ein Spiegel darüber. Der Sessel knarrt, wenn Ludwig sich zur Gardine umdreht, hinter der Licht hängt. Das Haus gegenüber ist um ein Stockwerk kürzer, hat Meer auf dem Flachdach und in einem Fenster leuchtend blaue Vorhänge. Das Zimmer dahinter dunkel. Unten von der Straße Stimmen lauter und leiser mit dem Wind wie der Vorhang.

8.
Einschub.

Belagerung, kam mir in den Sinn, Geiselnahme, verschanzte Fenster, Klebeband um Arme und Beine, über den Mund und die Augen, Gewehre hinter Gardinen. Ich stellte mir vor, daß die beiden Lösegeldforderungen erhöben, Zeitungsschnipsel zu Drohbriefen bastelten, Botschaften per Handzeichen durchs Fenster gäben, Plastiksprengstoff mir in den Nacken drückten. Dachte an Scharfschützen auf den Dächern ringsum, deren Zielfernrohre in der Sonne aufblitzen, an Pudelmützen mit Sichtschlitzen, an die Vergewaltigung des Opfers. Terroristen, auch weibliche, sind ungewaschen und stinken. Verstand nicht, daß nichts geschah. Sie hörten nicht auf, zuzuhören.

9.
Nachmittag.

Geräusche aus dem Café dringen nur gedämpft in die Telephonkabine. Die Glastür, losgelassen, zaudert hin und her. Im Raum ist es schon dämmrig, noch kein Licht gemacht, der Steinboden schimmert milchig, hinter dem Tresen klirrt einer mit Gläsern, von denen Schaumblasen abtropfen, daneben am Fenster der einzige Gast eine ältere Frau. Während Ludwig in der Kabine steht, die Gettoni auf dem Apparat stapelt, den Zettel mit der bundesrepublikanischen Vorwahl sucht, dann wählt, schaut er ihr zu, wie sie ihren Kaffee trinkt, das hält ihr Gesicht, würde zerlaufen sonst, denkt Ludwig, das Knacksen und Knarren durcheilt die Leitungen, scheint aus immer größerer Ferne zu kommen, ihre kleinen, wie ausgebleichten Augen sind es, die Zigarette mit dem dünnen, roten Rand auf dem Filter vom Lippenstift. Der Alte mit den Gläsern sagt etwas, sie schaut auf und antwortet mit einem einzigen Ton. Er bringt ihr die Zuccheria, und als Ludwig endlich das Freizeichen hört, winkt sie den Wirt nochmals herbei, winkt mit einer kleinen, ganz schnellen, leichten Bewegung ihres Zeigefingers, und legt Geld auf den Tisch.

10.
Zeitgleich.

Als das Telephon auf dem Schreibtisch klingelte, dauerte es einen Moment, bis ich abhob, erst aus dem Schweigen geschüttelt vom Husten des Mannes, der mir zunickte. Ludwig sagte, es gehe ihm gut, am Nachmittag ist es doch teurer, dachte ich verwundert, gäbe es eine Zeitverschiebung, aber so, überlegte, ob ich ihm von meinem Besuch erzählen sollte, tat es nicht, sagte, ich hätte gerade die Blumen gegossen, er, gleich ist es zu Ende, und ich fragte noch schnell, was er denn tue, nichts, dann tutete es zweimal in kurzen Abständen, und wir schwiegen, bis die Verbindung unterbrochen wurde. Es war Ludwig, ich beugte mich vor zu ihm, der seinen Husten hinter vorgehaltener Hand unterdrückt hatte während ich sprach, ich weiß, ich habe mitgehört, ihre Stimme ganz dicht an meinem Ohr. Wäre ihr Fingernagel, mit dem sie meinen Rükken hinunterstrich, ein Messer, sie durchbohrte die Haut, ohne zu zögern, kam es mir in den Kopf, doch so blieb ihre Berührung folgenlos, sie lachte nur leise, als ich mich überrascht nach ihr umdrehte, und ich war froh, Ludwig nichts gesagt zu haben, denn ich befürchtete, daß sich die beiden, nur durch ihre Erwähnung, in Nichts aufgelöst hätten. Weiß nicht einmal, wie sie heißt, dachte ich, müßte sie benennen, schließlich ist das mir passiert, und auch wenn genug Zeit gewesen wäre, hätte ich Ludwig nichts von ihnen erzählt. Hast du Hunger, fragte sie, beugte sich herunter zu mir, ich verstand erst nicht, was sie meinte, fühlte mich nur ertappt, nein, nein, sagte ich schnell, aber ihr könnt ja kochen, wenn ihr wollt. Kommst du dann, fragte sie in der Tür, gleich, sagte ich, einen Moment noch, denn mir war etwas aufgefallen, Ludwig hat mich belogen, doch das sagte ich nicht, nicht, daß er am Nachmittag jemanden kennengelernt hat, das bemerkte ich erst jetzt, wußte nicht wen, nur, daß er sie gesehen hat, als er in einer Bar an der Piazza Dante gesessen hat, Stuhl an Stuhl, die Lehnen zur Hauswand unter den Arkaden mit Blick über den Platz auf die Kirche. Vielleicht hat sie ihn zuerst bemerkt oder Ludwig sie beobachtet, wie man in fremdem Land Frauen nachsieht, vor deren Sprache man sich sicher fühlt. Sie hat wohl länger vor einem Schaufenster auf der anderen Seite des Platzes gestanden, bevor sie, in jeder Hand eine Tasche, ohne sich umzusehen den Platz überquert und sich müde an einen Nebentisch gesetzt hat. Während er sich mit einer Postkarte, die er sich zu schreiben entschlossen hatte, auf der noch nichts als mein Name stand, Luft zugefächelt hat, registriert er die starke Behaarung ihrer Beine, helles geblümtes Kleid bis zu den Knien, die Hände jetzt an der Espressotasse, der Kopf gebeugt, beim vorsichtigen Trinken kommt ihr Blick herauf zu ihm, sind Sie schon lange hier, hat sie gefragt und ihn ertappt mit der eigenen Sprache, nein, erst seit heute, hat er erstaunt geantwortet, war sich sicher gewesen, sie müsse aus dieser Gegend stammen, hatte sich das begründet mit ihren Bewegungen, wofür nur waren die ihm typisch erschienen, mit der Selbstverständlichkeit ihrer Gesten und dergleichen, wie sie etwa in beiden Händen die Tüten vom Einkauf gehalten hatte, sie hat ein wenig erzählt von der Stadt, als hätte sie ihm einen Vorsprung geben wollen, sie sei mit ihrer Freundin hier, mit der zusammen sie in Triest studiere, seit zwei Jahren schon, Lene, hat sie sich vorgestellt, Ludwig, während sein Blick schon wieder unaufmerksam geworden ist, sich an Menschen geheftet hat, im Ohr ihre Stimme. Und was er mache, hat sie gefragt. Ferien, hat er ihr eilfertig berichtet, seine Adresse genannt, ach, dann sei seine Vermieterin die Mutter ihrer Freundin, wie das Zimmer denn sei, was er vorhabe für die Zeit hier, Pläne, wie lange er bleiben wolle, ob er hier jemanden kenne, nein, aber schön sei es, und die Trattoria am Hafen, hat sie gefragt und in die Sonne geblinzelt, dort könne man gut essen, ja gerne, warum nicht. Als sie bezahlt und ihre Stimme die Sprache gewechselt hat, schien es ihm, als hätte sie sich für einen Moment verwandelt, ciao, bis dann. Er hatte mich belogen, hat sie verschwiegen, daß er jetzt, nach seinem Anruf, auf dem Weg zum Hafen ist, schon ist es kühl am Meer, und ohne zu wissen, ob ich dem vertrauen konnte, was er sieht, folgte ich seinen Gedanken mit geschlossenen Augen auf dem Sofa im Wohnzimmer. Nie hatte er mir wirklich gesagt, was geschah, immer nur, auch wenn ich gefragt hatte, nein, es sei nichts, das verstehe ich nicht, doch jetzt sah ich genau zu, bemerkte nicht, daß es dunkel wurde vor den Fenstern, blieb immer am Rand von Ludwigs Blick, von Ludwigs Geschichte, neben der ich stand, in die ich nicht hinein konnte, in die er mich nicht ließ, wieder nicht, alles nur für sich hatte, dachte ich und sah über dem Hafen die blaue Fläche, schräg aufgehängt, unter der nervöse Wolken laufen, die husten. Lenes Blick schlittert, während sie essen, verlegen herüber zu ihm, ich spürte das auf seiner Haut, kannte seine Gedanken, doch, das Essen ist gut, sind Sie hier öfter, hörte Lenes Stimme, er hat unrecht, wenn er meint, sie sei unaufmerksam, das nicht, nur weiter entfernt. Was wäre, dachte ich, wenn ich an seiner Statt ihr die Hand um die Hüfte legte, ihre Brust heraufzöge zum Mund, die gekräuselte Spitze, ohne die Kleider, die meine Gedanken sowieso verlieren, mit den Lippen umfaßte, Hand an sie legte, könnte ich es doch, sagen, ich habe dich erkannt, dann, verstand ich mit einemmal und rutschte auf dem Sofa vor Aufregung hin und her, durchstöße ich die Grenze, über die ich nicht hinwegkonnte in seine Geschichte hinein, über seinen Kopf hinweg, das wäre die Flucht, der Tunnel, der Ausweg, und die beiden, die ich in der Küche reden hörte, würden nicht einmal bemerken, wenn es geschähe. Könnte ich es, dann hörte ich, und wäre es zuerst auch nur im eigenen Kopf und falsch synchronisiert, klaffend der Spalt zwischen Wort und Lippenbewegung in der fremden Atmosphäre, ihre Stimme, die sagte, du tust es ja schon, und die Wörter unterliefen damit die Geschichte endgültig, und meine Flucht wäre geglückt. Mir schien an jenem Abend, Ludwig am Hafen und Lenes Stimme im Kopf, daß dieser Satz, du tust es ja schon, alles wäre, damit ich dort ankommen könnte. Das ist Romantik, hätte er gesagt, ja doch, aber anders, zielt auf das Land, das ihre Hüfte benennt, ihre Brust, ihr Stöhnen, wenn sie mich aufnähme, hätte ich ihm entgegengehalten, wenn ich an seinem Tisch hätte sitzen können, und er hätte mich ausgelacht, hoffentlich grinst dich kein Schädel an aus ihrem Gesicht, das wäre doch schade, hätte Ludwig entgegnet, nicht verstanden, wohin ich wollte, daß es nur die Wörter sind, die ihm schlüpfrig erschienen wären, blutig und über die er gelacht hätte, Wortwichser, hätte ich ihn angeschrien, hätte ich hinübergekonnt in seine Geschichte, habe dir vertraut die Jahre, deinen Wörtern, zitieren möchte ich dich, bis dir die Haut in Streifen vom Fleisch hängt, dich pfählen mit deinen Wörtern vom Arsch in den Kopf, der mich belogen hat. Ich habe gesucht, nein, du hast mich nicht auf die Fährte gesetzt, nicht so, ich weiß schon, hast es nicht ausgesprochen, aber gemeint, daß ich suche in den Gesichtern, von Titten wollte ich es lesen, nichts war da und Möse kein Anagramm, habe Küsse gebeugt, dekliniert auf alle Fälle, und nichts gefunden, und hörte dich immer weiter reden, alles ist wüst und leer und eine Einöde, dein Suchen Hoffart, das Rätsel gibt es nicht, die Welt ist nicht gemacht nach dem Wort, das am Anfang war, das deines war für mich, und du lachtest mich aus, sagtest, daß es mir nicht gelingen werde, ein Versmaß in allem zu finden, und ich glaubte es, weil überall da, wo du es vorausgesagt hast, keine Worte waren. Doch jetzt weiß ich, etwas anderes ist da, keine Stummheit, wie du es mir immer erklärtest, und auch wenn sich keine Wörter finden lassen, ist doch der Raum, in den die Augen stoßen, nicht leer. Schau nur da, hätte ich ihm an jenem Abend sagen mögen, Lenes Blick, die Hand, die neben ihrer Hüfte schlingert, als stünde sie still, sie bewegt sich doch. Er aber, das wußte ich, will Lene, jeder Stoß ein Satz, ein Gedicht, wenn es hochkommt, doch nichts würde er dabei finden. Als Lene ihn jetzt etwas fragt, schreckt er auf aus seinen Gedanken, versteht nicht, stellt es falsch an, erinnert sich schon, jetzt schon, wie es war, als er sie am Nachmittag noch als Fremde gesehen hat, und findet nichts davon an der Bekannten wieder. Während er ihr antwortet, ist er schon enttäuscht, sucht nach etwas in ihren Gesten, was sie vor kurzem, als er ihr auf der Piazza nachsah, noch hatte, was sich versteckt, wo nur, und sich nicht finden läßt in der Vertrautheit. Der Weg der Worte ist falsch, hätte ich ihm sagen und mich einmischen wollen in seine Geschichte, Lene wird dich enttäuschen, da spürte ich, wie seine Gedanken sich schon wieder abwenden von ihrem Gesicht, wünschte, daß sie es sieht, an seinen Augen oder an seinem Mund, mir schien, seine Lippen werden muskellos und weich. Doch die Möglichkeit, über die er jetzt nachdenkt, ganz glaubt er ihr nicht, ist verlogen, und ich wehrte mich dagegen, daß die Geschichte eine solche Wendung nehmen sollte, hätte ihm, wäre es möglich gewesen, vorgehalten, daß er die Fremdheit nie zu fassen bekomme durch einen schnellen Griff zwischen ihre Beine, die Worte überlistet, denkt er, doch auch wenn sie ihn weder ansähe dabei noch sich ihm entzöge, betröge er sich, das wußte ich, denn längst folgte er dann einer Choreographie, und das, was sich riebe, was ihm Lust, wäre nur die Spannung im Nacheinander der Wörter, mit denen er das Schweigen mitschriebe. Wenn er mich hätte hören können in seiner Geschichte, hätte ich ihm geflüstert, mir wachsen Menschen aus einem Buch. Doch als ich mich hineindrängen wollte und die Grenze zwischen mir und seiner Geschichte spürte, als wäre es Lenes Haut, und immer stärker versuchte, mich an den Worten, Gerüchen und Gesten dieses Abends zu einer Öffnung vorzutasten, verlangsamte sich plötzlich die Geschwindigkeit der Bilder, und die beiden dort am Hafen blichen seltsam aus, als fänden sie sich in eine Photographie hinein, in der sich die Bewegung des Geschehens endgültig beruhigt, bis es nur mehr ein Bild hinter meinen Augen war, mit dem ich erwachte, ohne davon zu wissen, geschlafen zu haben. Es war dunkel im Raum bis auf den gelben Lichtkreis der Stehlampe neben dem Sofa, auf dem ich lag, und als ich mich umsah, bemerkte ich, daß die Vorstellung von Ludwig und Lene, wie sie beginnen zu frieren, es ist windig am Hafen, der Himmel nicht mehr klar, den Raum irritierte, als überlagerten sich schmerzlich zwei Bilder und die Formen flössen aus. Ich sah eine Bewegung in den Möbeln, der Schrank hinter mir begann zu zittern, zaghaft zuerst sich ein wenig aufzubäumen in das Bild hinein, das mir noch hinter den Augen stand, wie man einen Traum ein Stück weit mitnimmt ins Wachsein. Dann klapperte er mit allen Büchern, die Glastüren verformten sich, als wären sie Blasen, die sich blähten, bäumte sich nach vorn, daß ich befürchtete, er würde auf mich kippen, zerriß damit Hafen und Himmel und die beiden, als sie aufstanden und gingen. Neben meinem Kopf hörte ich ein leises Seufzen der Stehlampe, die sich, über mich hinweg, dem Schrank entgegenbeugte, sich schüchtern zu räuspern schien, verbog hin zu den gläsernen Blasen der Schranktüren, die Maserung des Holzes schwoll an, wuchs und blühte auf und, das sah ich noch, bevor ich aufsprang, öffnete sich unter den Bewegungen zweier Stuhlbeine, die sich um den Lampenfuß wanden. Die Platte des Tisches, auf den ich mich stützen wollte, weil ein Zittern durch den Teppich lief, war schweißnaß und glänzte wie dunkle Haut, der runde Lampenschirm ein offener Mund, die Polsterung des Sofas räkelte sich, Muskeln spannten sich unter dem Stoff in rhythmischer Bewegung, und vom Schrank herunter tropfte es mir ins Haar, als die Lampe, ich komme, oh Gott, ich komme schrie. Da rief mir mein männlicher Gast von der Tür her zu, das Abendessen sei fertig. Die Klinke war handwarm und zuckte ein wenig, als ich die Tür hinter mir schloß.

11.
Schlaflos. Erstens.

Sie stand am Herd und verrührte Eier in einer Pfanne, der Küchentisch war gedeckt, Brot und Bier, er schob mir einen Stuhl hin. Ich weiß nicht, was mich an ihr, außer, daß sie sich in Ludwigs Wohnung bewegte, als wäre sie ihr lange bekannt, an jenem Freitagabend so beunruhigte. Sie war mir schon vertraut, und doch war etwas an ihr falsch und fremd, aber an einer Grenze, an der die Wahrnehmung undeutlich, eins mit dem anderen identisch wird. Ich starrte einen Moment lang auf ihren Morgenmantel und zögerte, unschlüssig, ob ich wußte, wer sie war, und erkannte dann doch, am Mantel entlang und durch das Lächeln hindurch, das Mädchen vom Nachmittag aus dem Buch, vielleicht fünfzehn oder sechzehn, ein Kind, doch älter, das mir mit ihrer Hand durchs Haar strich und, als ich mich setzte und sie die Pfanne herüberbrachte, immer wieder nachfragte, ob ich noch etwas möge, obwohl ich keinen Hunger hatte und das auch sagte, mir das Brot hinhielt, als wäre es ein Spiel, sie verkleidet, das alles Maskerade, die Empfindung des Risses, der Fremde, nichts Ungewöhnliches. Wo kommen sie her, fragte ich, um abzulenken, ihn, der neben mir saß, aus Wien, sagte er, was ihn denn, wollte ich wissen, tat so, als wäre seine Anwesenheit nichts besonderes, hierher verschlagen habe, zumal bei mir doch nichts geschehe, es ihm doch sicher sehr langweilig sein müsse. Warum denn das, fragte sie. Nun, ich habe ihnen nichts zu bieten, warte ja nur darauf, daß Ludwig wiederkommt, entgegnete ich. Ach, ich finde schon, daß einiges geschieht, sagte er und nickte kauend, erzählte ihr von meinem Erlebnis im Wohnzimmer, wie die Stehlampe sich gebogen hatte, und ihr Zeigefinger schnellte ganz kurz, wie belustigt, über meine Lippen, hochfrequentierter Kitzel, daß sie brannten. Als wollte sie mich trösten, sagte sie später, während sie das Geschirr spülte, ich abtrocknete und einräumte, du verstehst doch, plötzlich ernst und so leise, als sollte er, der am Tisch saß, es nicht hören, daß dort, wo etwas passieren könnte, nichts passieren kann, und daß das, was wirklich geschieht, dort geschieht, wo es nichts bedeutet. Im Kino also, fragte ich, und sie nickte, ja, durch die Leinwand hindurch, ihr verletzter Mund ganz nah an meinem Gesicht. Das Sprechen fiel ihr schwer, als wälzte sie die Zunge schwer, ein Zischton lag über den Worten, doch mit einemmal schien diese Verletzung sich zu wandeln, als erinnerte sie sich, wurde der Sprachfehler zu einem leichten Akzent, und ihrem Sprechen haftete ab da immer etwas Französisches an. Wo können wir denn schlafen, rief er vom Tisch her, ich schreckte aus meinen Gedanken auf, und obwohl ich immer noch zögerte, ob ich die beiden nicht doch als Simulation begreifen und Dr. Minks benachrichtigen sollte, tat ich so, als wäre nichts, und richtete ihnen Decken und Kissen auf dem Sofa im Wohnzimmer und im Gartenzimmer, gute Nacht dann, ja, bis morgen, ich hörte ihnen lange zu, wie sie umhergingen, und in den Geräuschen verschwand die Hoffnung, daß Einbildung gewesen sein könnte, was ich an diesem Tag erlebt hatte, daß Dr. Minks meinen Beteuerungen, die beiden seien real, Glauben schenken könnte, ich stellte mir vor, wie sie zuhörten, die Stille, während ich Dr. Minks am Telephon zu erklären versuchte, daß es sich keineswegs um Ausgeburten meiner, sicherlich nicht vertrauensvollen, Wahrnehmung handle. Rückblickend weiß ich, daß sich das ganze Geschehen keineswegs den von Dr. Minks diagnostizierten Störungen, sondern gerade der Ausweglosigkeit verdankt, in der ich mich dadurch befand, daß es unmöglich gewesen wäre, jemanden davon zu überzeugen, daß mir anders als durch psychiatrische Behandlung hätte geholfen werden können, etwa, wie ich es an jenem Abend, als ich still im Bett lag, auf die Geräusche in der Wohnung lauschte und mich nicht getraute einzuschlafen, mir ausmalte, durch einen Kammerjäger, der meine Gäste, wären sie wie Insekten aus dem schwarzen Spalt zwischen Bett und Wand aufgestiegen, bespritzt, eingedampft, vergast und damit die ganze weitere Entwicklung verhindert hätte, an der ich vielleicht gänzlich unschuldig war, nur zufällig von ihnen in einer Wohnung angetroffen, von der sie annahmen, sie sei unbewohnt. Sie redeten bis in meinen Schlaf hinein, und auch noch, als ich einige Zeit später wieder aufwachte und das Waschbecken als letztes im Raum aufhört zu schimmern und das ölige Wasser schwarz an den noch glimmenden Strand, leuchtend wie das Waschbecken, schwappt, kaum zu erkennen die dunklen Schiffe, die weit draußen vor dem Horizont in den Wellen hin und her rutschen mit dumpfem Dröhnen und Schaben, das Ludwig nicht schlafen läßt. Er schaut dem Waschbecken zu, wie es verglüht, denkt, daß er es sich merken will, denkt an das Meer, das er von seinem Fenster aus sehen kann, sieht, wie der Stuhl am Bett bleiches Nachtlicht auffängt, wartet, daß der Wind aufhört zu wehen, daß die Wolken wieder höher ziehen, daß sie die Geräusche mitnehmen und die Stille wieder stiller wird, die Wolken hängen am Himmel wie irre Berge, betrachtet seine breiten Hände, weiß nicht wie lange, nur, daß es irgendwann wie splitterndes Glas in seinen Kopf dringt und in ihm dröhnt, das weiß ich, und doch, wenn ich ihn jetzt zu beschreiben versuche, sehe ich nicht, wie er sich in der dunklen Scheibe spiegelt, nicht, wie er seinen Kopf im Licht dreht und wendet, Schatten ihm über die Haut wandern, sondern sehe ihn sich umblättern in meinen Gedanken, ein Stapel Manuskriptseiten, Blatt für Blatt, Schreibmaschinenschrift erkenne ich, korrigiert sein Gesicht, überklebt mit Änderungen, durchsetzt von Ergänzungen, die wie Wimpel an den Blättern flattern, abgerissene Streifen, kleine Papierfetzen auf der Haut, mit Seitenzahlen numerierte und eingefügte kleine Zettel, unter beiden Augen Seiten aus Notizbüchern, überschriebene Zeitungsseiten, farbiges Papier seine Lippen. Als betrachtete man die Rückseite eines Stückes Strickware, auf der das Muster sich verwirrt zu einem Gespinst von Fäden, die nicht das Ornament zeigen, wohl aber die Verknüpfung, nach der das Muster entsteht, sichtbar dem, der der Fadenführung zu folgen versteht, besehe ich mir Ludwig, suche eine Stelle, um eine Beschreibung anzusetzen, alles paßt zueinander, ist aufeinander bezogen, als wartete es mit angehaltenem Atem auf die Weiterführung, und hallt in mir wider, bricht und verdoppelt sich wie ein Echo im Kopf, wo das Sprechen seinen Ort hat, während im Schreiben die Wörter nicht in der Lage sind, über die Fläche hinauszuwachsen. Da ist Ludwig, ich sehe ihn deutlich, sehe, wie Vertrautes und Verbindendes sich auftut zwischen ihm und den Wörtern und sich dann doch Schweigen an die Stelle setzt, an der es eben noch möglich schien, daß ein Abbild sich in die Sprache fügt. Der Ekel, der Schmerz, beginnt damit, daß der Text zu wuchern anfängt, als ob er wissentlich das Vorbild so weit wie möglich hinter sich bringen, um keinen Preis das erhoffte Abbild werden wollte, und die Wörter beziehen sich neu, unausgedacht und ohne Zutun aufeinander und vermehren sich metasthasierend, wuchern so, wie es nie gedacht war, und Ludwigs Gesicht verzieht sich, schwillt an, und die Haut verfärbt sich, seine Hände, die Finger verkrümmen sich, und Knochen und Gewebe scheinen sich weich und schmerzhaft ineinander zu verschieben in so monströse Formen, daß ich angewidert Ludwig Blatt für Blatt zurücklegte und die Mappe verschloß über seinem Gesicht, das ist nicht er, fremd ist der Text. Sein Körper ist schwer und still, auch wenn die Müdigkeit vergeht, er raucht, nur da zu sein, denkt er, immer länger, Scheiße, das geht nicht, und sein Blick, ohne sich an etwas Bestimmtes zu klammern, liegt auf den Dingen, huscht dann aber weiter, ohne daß etwas von dem, was Ludwig sieht, Bestand hätte, Einzelnes drängt immer wieder hinaus aus seinen Augen für anderes in dieser Nacht, ich weiß nicht, wie spät es da war, die Flüssigkristallanzeige der Uhr, die ich seit dem Morgen trug, zeigte die Zahlen 28 und 45, was bedeuten mußte, daß es fünfzehn Minuten vor neunundzwanzig Uhr war. Die Fehlfunktion einer Digitaluhr, die mir nicht gehörte und die Ludwig möglicherweise gerade wegen dieses Defektes zu Hause gelassen hatte, schien mir nicht weiter bedeutungsvoll. Erst jetzt verstehe ich, warum der Quarz der Uhr gerade zu dieser Zeit wild wurde, sein Spiel begann, das er fortsetzte bis zum Schluß und während der ganzen Geschichte nebendran lag. In jener Nacht aber dachte ich, ich könne leicht über das Radio die exakte Zeit erfahren, und vergaß die Anomalie der sinnwidrigen Zeitangabe, wie man den Ärger über einen besetzten Telephonanschluß vergißt und wie Ludwig das Schlagen einer Holzjalousie an einen Fensterrahmen, ganz in der Nähe, vergißt, als der Wind vom Meer lauter wird. Er raucht und hört zu, wie mit eintönigem Atem der Wind die Zeit durchläuft, schläft ein dabei, ist doch langweilig, was solls, denkt er, murmelnd mit dem Schlaf, wenn der Tag sich anlegt mit dem Beginnenden, ist noch ungewiß, ob am Morgen vielleicht alles ganz anders sein wird, so war es als Kind, doch heute wird nichts mehr ungeschehen in der Nacht, das zählt sich noch zusammen im Dunkeln. Ihn friert bei dieser Vorstellung, oder weil er nachts immer friert, sogar hier, es bleibt wohl nicht mehr lange warm, das ist nicht der Schlaf, es ist kalt, vielleicht regnet es bald, zum erstenmal kalt in der Nacht, denkt er, doch da schläft er schon, und ich hatte ihn eingeholt in seiner Zeit, war jetzt mit ihm auf einer Höhe, kannte mich nicht recht aus in seinem Traum von Lene, wußte nicht, worauf sein Traum hinauswill, der einfach weitergeht nach dem, was war, fugenlos da ansetzt, wo die Geschichte des Abends endet, er nach Hause geht in der nächtlichen Stadt und sie noch einmal da ist, vor ihm, er ihr nachgeht bis an die Bucht hinter dem Hafen, sich da auf sie wälzt, die sich einholen läßt und lacht, als er auf ihr liegt und innehält, versucht, sich träumend zu erinnern, wie das ist, ist sie klein und wie lang sind ihre Haare, eng ist sie, er in ihr, als sie lacht und ich konnte sie nicht sehen und wie am Nachmittag war es unmöglich, in seine Geschichte zu kommen. Dabei müßte man nur, dachte ich, sich im richtigen Moment identifizieren, damit es gelingen könnte, fragte mich, wie meine beiden Gäste das wohl gemacht haben mochten, als sie von einem ins andere gehuscht waren, machte Licht und blätterte wieder im Anatomieatlas auf der Suche nach dem Geheimnis wie nach einer Tür, die bei leichtem Druck auf eine bestimmte Stelle von selbst aufschwingen und einen Gang freigeben würde, der hinüberführte, Seite für Seite blätterte ich um, als ginge ich an den anatomischen Zeichnungen wie an einer Ahnengalerie vorüber, entdeckte überall Ähnlichkeiten mit Ludwig, das vererbt sich, wie lange kann das dauern, Initialdelirium, las ich, Inkohärenz der Ideen lat. cohaerere zusammenlegen Verwirrtheit inkoordiniert, wieviel Zeit bleibt noch, Inkubation lat. incubare brüten Inkubationszeit 10–14 Tage bei Pocken Gonorrhöe 1–3, bis es ausbricht, die gleiche Nase, der Mund, mir schien, als hörte ich das Geklapper der Instrumente, als würden Messer gewetzt, Ruhr 3–8 Gelbfieber 1–12, Operationsbestecke laut in metallenen Schalen, Tupfer dämpften schmatzende Laute, Stimmen, Influenza 1–4 Varizellen 14–17 Cholera 1–10 Masern 10 Röteln 14–21 Rotz 3–5 Keuchhusten 2–14 Ulcus molle 2 Syphilis 14–40 Scharlach 4–7 Malaria 10–21 Fleckfieber

4–14 Tage Inkubationszeit, Abd. typhus 10–21 Diphtherie 2–5 Maul- und Klauenseuche 3–10, und was ist denn mit der Uhr, Mumps 18–21 Pest 2–10 Vakzine 3–5 Tage, wieviel Zeit bleibt noch, fragte ich Ludwig, epidem. Meningitis 4–5 Milzbrand 1–7 inkurabel unheilbar.

12.
Traum.

Da stieß ich ein fahrbares Bett durch eine große, blechbeschlagene Schwingtür mit runden Bullaugen in einen Saal hinein, der durch Gaslampen, zwei vorn am Katheter, erleuchtet wurde, und Ludwig war verschwunden, wohl noch am Strand mit der Kleinen, dachte ich, wälzte die Leiche vom Bett auf einen der Tische und bemerkte dabei erschrocken, daß es das Mädchen war, das mir am Morgen aus dem Buch gestiegen war, am Boden Ablaufrinnen, glänzende Instrumente auf einem Beistelltischchen, die Cunninghamsche Methode, dozierte Prof. von Bardeleben, die Schädelknochen zu entfernen ergibt ein außergewöhnlich klares Bild über die Lage der Gehirnwindungen zum Schädel zur Skeletologie des Gehirns wie Waldeyer sagt wobei besonders hervortritt, daß das Gehirn hinten erheblich weiter herabreicht als vorn Vorsicht meine Herren, ermahnte er uns, derjenige Teil des Schädelgewölbes hinter welchem das Großhirn liegt ist nur von dünnen Weichteilen Haut und Galea aponeurotica bedeckt wodurch das Großhirn, Prof. von Bardeleben ging zum Fenster, verschränkte die Hände auf dem Rücken und schaute hinaus, das Großhirn bei äußerer Gewaltanwendung mit

Durchschlagung des Knochens leicht verletzt wird leider während das Kleinhirn viel geschützter liegt, ich zögerte und meine Hand lag auf dem Triceps des Mädchens, als ihr Arm zu zucken und sie zu flüstern begann, leise, daß zwei die einander liebten sich gut waren lange Zeit, nicht so laut, flüsterte ich, die Dicke des Schädeldaches, fuhr Prof. von Bardeleben fort, variiert an verschiedenen Stellen und bei verschiedenen Individuen außerordentlich auf dem Scheitel eines kräftigen Mannes beträgt sie etwa vier bis fünf Millimeter zu beiden Seiten der Mittellinie ist der Knochen jedoch oft recht dünn, sie sahen am Morgen erwachend sich und den Himmel vor beider Fenster vom Bett aus und am Abend die Nacht hinter den Scheiben tagaus und tagein lebten und liebten sie so und nie verging lange Zeit in der sie getrennt gewesen wären voneinander, an Stelle der Windungen achtet man vorteilhafter auf die Furchen bei der Entfernung des Schädelknochens ist es beim Neugeborenen von Wichtigkeit daß je weiter man sich vom Mittelpunkt eines Schädelknochens entfernt hauptsächlich also von der Tubera parietalia und frontalia der Knochen erheblich dünner wird und damit eine ansehnliche Verdickung der Dura und auch des äußeren Periostes einhergeht daraus ergibt sich daß man bei der Sektion eines Kinderhirns Knochen und Dura gleichzeitig als Schädelcalotte entfernt, und doch ach der Himmel barst nicht am Morgen und auch nicht in der Kälte der Nacht sondern im glühenden Mittag eines Sommers nach unbedacht langer Zeit die sie miteinander gewesen waren zerbarst der Himmel, redete sie weiter, während Prof. von Bardeleben die Tische abzugehen begann, bei Kindern späteren Alters und Erwachsenen ist unter normalen Verhältnissen der Knochen leicht von der Dura abzuheben, wie etwas zerbarst das vom Feuer verzehrt wird und in ständiger Spannung sich eine Weile krümmt bis es dann in einem Moment zerbricht so barst der Himmel zwischen ihnen an jenem Tag im Sommer eines Jahres und beide wußten nicht als sie es bemerkten und sie bemerkten es in eben dem nämlichen Augenblick wie lange sie einander gehabt hatten und das beschämte sie sehr, redete sie weiter, obwohl Prof. von Bardeleben immer näher kam, daß sie nie mehr und das wußten sie genau nach diesem Moment Gelegenheit finden würden den anderen zu fragen um Erinnerungen, fügte sie noch hinzu vom Tisch herauf zu mir, unbeweglich und mit geschlosssenen Augen, waren ab da nur für sich alle Zeit, ein Präparat, daß wir heute haben, er sah mich an, ist das eines etwa fünfzehnjährigen Mädchens deren auffallende Nasenscheidewandkrümmung gleichwohl als gewöhnliche Asymmetrie anzusehen ist deren Zunge aber ungewöhnlicherweise zwischen den Schneidezähnen eingeklemmt vorgefunden wurde was nicht normalen Verhältnissen entspricht hier sehr schön freipräpariert wurde, der meint mich, flüsterte sie und versuchte, ich bemerkte es an einem Zucken der Schultermuskeln, den Kopf zu bewegen, wohl aber der Todesursache Selbstmord Tod durch Ertrinken, und was ihnen gemeinsam gewesen war blieb herrenlos seit jenem Augenblick wie der Hund der auf der staubigen Straße entlangstrich als sie aufblickten, ich zögerte, verstand jetzt den Grund ihrer zischenden Stimme, wollte sie nicht unterbrechen, als sie aufblickten von dem was sie jeder für sich und doch nebeneinander getan hatten und sich ansahen als Fremde mit einemmal und für alle Zeit, der Professor begrüßte mich, sagte, ich solle den Tränennasenkanal aufmeißeln, die Kieferhöhle eröffnen und das vordere Stück der unteren Muschel entfernen, ich wußte, sei still, zischte ich hinunter zu ihr, die Tränendrüse liegt in der Fossa glandulae lacrimalis des Stirnbeins da wo das Dach der Orbita in die Seitenwand umbiegt man unterscheidet eine größere bis zu zwei Zentimeter lange obere und eine kleinere untere Tränendrüse, ich nahm das Skalpell, sie blieb stumm, stöhnte nicht, zuckte nicht, kein Laut, wie tot lag sie da, als ich mit einem Schnitt die Haut und den Musculus orbicularis oculi durchtrennte und auf die Arteria angularis und die Vena facialis anterior stieß, die Gegend des inneren Augenwinkels ist sehr gefäßreich, und plötzlich war Blut da, spritzte mir auf den Kittel und ich sprang erschrocken einen Schritt zurück.

13.
Schlaflos. Zweitens.

Nicht auf dem Kopfkissen, nicht auf Decke und Laken war Blut, und doch war mein erster Gedanke, als ich aufwachte und noch den Schreck des Blutes auf dem weißen Kittel spürte, jetzt ist sie weg, das geht nicht anders, muß so sein auf jeden Fall, keine Inkubationszeit, kein Ausbruch, Ludwig gerettet, jetzt geht es gut aus, und ich wollte mich umdrehen nach ihm, es ihm sagen, als ich bemerkte, daß ich allein war, er längst wach ist zu dieser Zeit, in der der Tag seinen ersten Klang ansetzt, ihn mitten hineinbläst ins Nest der feinen grauen Federn, die sich aufbauschen, verwehen ins Licht, die Nacht endlich abfließt, und er zuschaut, von nichts etwas weiß, im Bett liegt und beobachtet, wie sein Zimmer durchzogen wird von den Blicken des Abends noch, das kann man spüren, denkt er, überdeckt von ihnen wie von einem Gespinst ist der Raum, kaum sichtbar, und doch macht es den Boden möglicherweise unbegehbar, überlegt er, liegt lange bewegungslos, folgt mit den Augen den Bewegungen der Fäden, die nach und nach zerreißen, während die Zeit vergeht, oder deswegen, denkt er, gähnt und zündet sich eine erste Zigarette an.

14.
Zum Beispiel.

Zum Beispiel könnte sie aus dem Landwehrkanal gezogen worden sein, überlegte ich, 1903 ist der Anatomieatlas erschienen, fünfzehnjähriges Mädchen vom Land, geschwängert vom Hausherrn, kennt man doch, Freitod, keine Verwandten in der Stadt, ab in die Anatomie, die eingeklemmte Zunge glaubwürdiger als ein schriftlicher Lebenslauf, und doch, mir schien es, als wären es meine eigenen Gedanken gewesen, die im Traum ihr die Geschichte gemacht hätten, ihre Vergangenheit, die beiden aber mir aus dem Anatomieatlas gekommen wie Reisende, die umstiegen, wer weiß, woher und wohin.

15.
Samstagmittag. Einerseits Lene.

Windstill vom Meer her, das bewegungslos liegt und ausdünstet, ohne daß ein Hauch an Land wehte. Die Wellen am Strand sind klein und brechen sich kaum, Ebbe, der Sand grau, der Himmel bewölkt, die Straße trocken und staubig, die Luft aber kalt. Als Lene das Haus in der Salita Carretti verläßt, der kleinen Gasse, in der Rosinas Großvater Werkstatt und Wohnung hat, spürt sie einen Regentropfen auf den Lippen, dann blühen zu ihren Füßen schnell dunkle Flecken auf, werden größer und verbinden sich zu schattiger Feuchte, in ihrem Haar spürt sie, als sie zurückschaut am Haus hinauf zum Fenster, sieht sie mit blinzelnden Augen Wasser von der Regenrinne tropfen und den Putz an jenen Stellen dunkelgrau färben, an denen die Regenschwaden, die sich an ihrem Mund reiben, gegen die Wand wehen. Vor Lene auf dem Kopfsteinpflaster kreisen Papierreste und Abfall, folgen kleinen Windstrudeln ein Stück weit in die Luft, um zurückzufallen, wenn der Wind die Häuserwände hinaufstürzt mit Lenes Blick. Sie hält den Atem an. Springt über die Pfützen hinweg und läuft schnell die langen, flachen Treppenstufen, die direkt auf die Promenade münden, hinunter zum Hafen. Der Regen fächelt den Boden wie große Decken. Lene stellt sich am Strand unter in einer der verlassenen Badekabinen, deren offene Holztüren im Wind schlagen. Es riecht nach Sonnenöl und Urin, salzig und nach porösem altem Gummi. Mit jedem Atemzug spürt sie das feuchte Kleid kalt auf der Haut. Wischt sich das Wasser vom Hals. Dann beginnt der Regen stiller zu fallen, die Wolken hören nicht auf, schnell landeinwärts zu treiben, Luft kommt jetzt frisch vom Meer her, Wind scheucht sie auf über dem Wasser, Tang und Abfall auf den Sand, die Wellen schaukeln hoch und lecken beinahe bis zu ihr hin, über den Beton schon. Hinter ihr in der Kabine liegt Sand wie eine kleine, angeschwemmte Düne. Fern am Horizont geht, still und unbemerkt, ein Riß durch die Wolkendecke, hinter dem es heller wird, wenig zuerst und so nah am Wasser, daß man glauben könnte, das Meer schiebe sich den Himmel hinauf. Weit entfernt, am Ende der Mole, geht jemand unter einem Sonnenschirm spazieren, langsam an der Kaimauer entlang wie ein vergessenes Schulkind, eine alte Frau, Lene stellt sich vor, sie hole sie ganz langsam heran, ihr Blick ein Zoomobjektiv, sie sehe in der Hand, mit dunklen Stellen vom Regen, eine Zigarette, sehe, wie die Alte sie zum Mund führt, auf dem Filter Lippenstift, jetzt ganz nah, wie sich das Rot von den dünnen Lippen auf den strahlend weißen Filter drückt, Technicolor der faltige Mund, der Herbst, denkt Lene und friert in ihrem dünnen Kleid, wendet sich ab, schaut dem Meer zu, wischt sich wieder mit der flachen Hand die Tropfen aus dem Gesicht, ihr Mund zieht sich zusammen wie der Himmel am Abend, sie ist traurig, daß der Winter übers Wasser kommt, es schaudert sie ein wenig aus Müdigkeit. Mit einem Ruck reißt sie die Wellen von ihren Wimpern, das zu können, denkt sie und verzieht den Mund, als hätte sie einen bitteren Geschmack auf der Zunge, ist auch ein Vorteil. Sie beeilt sich, zu Ludwig hinaufzusteigen. Losgerissen auch von dem Jungen, von dem sie wieder geträumt hat, als wäre es ein Spiel desjenigen, der ihre Träume macht, was Ludwig wohl sagte, erzählte sie von ihm, von seinem hilflosen, verwunderten Blick, den Jungenhänden, damals, die Gedanken hatten sie sorgsam voreinander versteckt, vorweg vergraben, in den Mündern unter vielen Küssen ganz tief, und auch als sie schon längst aus diesem Versteck zurückgekehrt waren in die Augen, so schnell, wie die Scham vergangen war mit dem Frösteln auf der Haut, hatte sie noch zugesehen, wie seine Zunge ihre Schenkel hinaufstrich hinein in ihr krauses Haar, und hatte doch gewußt, der ist es nicht, so oder so, doch das hatte sie nicht gesagt, davon war nicht die Rede gewesen, selbstverständlich, hatte sie für sich behalten, daß das Ende in Gedanken sich schon angeschmiegt hatte an seine Stirn, die zwischen ihren Beinen schaukelte, sein Mund ihre Haut in sich hineinzog, wie mit weichen Lippen gierig die Luft, bis seine Zunge flüssig wurde. Losgerissen von den Wimpern. Noch nicht lange, fällt ihr ein. Und Ludwig, fragt sie sich die Straße hinauf über die warmen Pfützen, was will ich denn von dem, stellt sich vor, wie er gestern am Hafen saß und sie ansah, als wollte er nicht mehr weiter, nicht fertig, nicht zu einem Ende gekommen, nur ruhig, so, als wäre der Punkt erreicht, an dem etwas aufhört zu wachsen, schwebend, bevor es beginnt, weniger zu werden, ob das die Krankheit ist, die er erwähnte, bin wie eine Fliege, die mit zuckendem Rüssel über die Ränder einer Wunde leckt, werde ihn fragen, ihm einfach über die Schulter streichen, nimmt sie sich vor, ihn halten, wie man einen hält, der sich erbricht an sich selbst, ihn halten wie etwas Altes, das nicht mehr fragt, er ist doch keine Sache, denkt sie, und doch, er wechselt die Farbe, als bräuchte er das, ist, wie alles Alte, von einer anderen Seite, zerbrechlich, und hinter seiner Stummheit, hinter dem

Totstellen, lacht sein Bauch die Augen aus, die Furchtlosigkeit spielen, Toter Mann, als wäre es nur eine Verkleidung, ich weiß nicht, ob ich ihn festhalten soll, wenn er so lacht, werde selbst still dabei. Wie er so dasteht am Fenster. Sie hat geklopft, gewartet, wieder geklopft, dann steht sie in der Tür und weiß nicht mehr, was sie soll. Ludwig, der sich über den Fenstersims beugt und hinabschaut, dreht sich um und begrüßt sie überrascht. Werde auch still, hallt es in ihrem Kopf nach. Sagt, daß sie sich gedacht habe, sie könne ihm vielleicht die Stadt zeigen, sagt noch was über den Regen eben und das Wetter in der letzten Zeit, den Herbst, so, als würde nichts gesprochen, bis es wirklich still ist. Ludwig sieht sie hilflos an, und als sie einen Schritt auf ihn zugeht, dreht er sich um, schaut wieder hinab auf die Straße, murmelt über die Schulter, die Gesichter seien von hier oben kaum zu erkennen, beugt sich weit aus dem Fenster, um Zeit zu gewinnen, den Stimmen zuzuhören, sich die Menschen dazu vorzustellen, wie eben, bevor sie hereingekommen ist, wie sich alles verliert, denkt er, und vergißt Lene beinahe, die er nicht erwartet hat, die noch immer an der Tür steht und sie jetzt mit einem leichten Stoß ihres Rückens zufallen läßt. Er erschrickt vom unerwartet lauten Knall der Tür, die durch den Windzug, der vom Fenster zum Treppenhaus weht, noch lauter ins Schloß fällt, dreht sich dann um, mit einem mißmutigen Blick noch einmal zögernd, setzt sich in den Sessel am Fenster und wartet, daß sie spricht, dann eben du, denkt er. Noch immer ist ihr Kleid nicht ganz trocken, und Ludwig phantasiert sich, warum macht man das, gibt nicht auf, so müde, wie ich bin, hat doch keinen Sinn, nie läßt man ab, einfach so, was will die denn von mir, ich will nicht, nicht zuhören müssen, denkt er und phantasiert sich widerwillig an den feuchten Flecken entlang, die der Haut anliegen, die Form ihrer Brüste, die Lage des Beckenknochens, und so weiter, als sie nun neben dem Sessel am Fenster steht. Nicht aufgeben, denkt sie, lacht plötzlich, stützt den Unterarm auf die Sessellehne, schaut hinunter zu ihm und neckt ihn, na Papi, da bin ich schon wieder, der Damm gebrochen, Vorhang zerrissen, das Schweigen durchschnitten, und er fühlt sich tatsächlich so alt, als wäre er ihr Vater, kann ihr nicht böse sein deswegen, na Papi, sagt sie noch einmal, wie eine Fliege plötzlich wieder lossummt einem auf der Haut, nein, er könne jetzt nicht, hält er dagegen, er möchte sich die Stadt alleine ansehen, aber vielen Dank für das Angebot. Aber, fragt sie nach, man könne sich doch später am Hafen, dort, und er steht ohne zu überlegen auf und stellt sich ganz selbstverständlich neben sie, dort wo die Segelboote liegen, zeigt ihm einen Punkt am Strand, als wäre der Ausblick ein Photo, das die Bilder gleichsam im Rahmen zeige, dort im Café treffen, Pirates Club, sagt sie, und er denkt, warum nur, an eine Mooshütte. Dann könne sie auch zuvor noch etwas erledigen, also um drei. Ja gut, sagt er, es läuft wie am Schnürchen, und er bleibt am Fenster stehen. Der Himmel ist jetzt wolkenlos, es wird wieder wärmer, denkt Ludwig, wüßte gerne, wie warm, doch da ist Lene schon gegangen.

16.
Samstagmittag andererseits.

Helsinki Sprühregen elf Stockholm bedeckt dreizehn Oslo heiter zehn Dublin heiter vierzehn London heiter sechzehn Kopenhagen wolkig dreizehn, in den Halbschlaf hinein, Amsterdam bedeckt sechzehn Brüssel bedeckt fünfzehn, Stimmen aus der Küche, Zürich bedeckt achtzehn Locarno bedeckt einundzwanzig Paris wolkig achtzehn, Angst, wie ein Kind vor der Bestrafung der Eltern, Bordeaux bedeckt siebzehn Nizza heiter fünfundzwanzig Barcelona bedeckt, als sich das Erwachen vor den Traum schob, hörte ich sie fragen, kommst du mit, sechsundzwanzig Madrid wolkig, nicht, was er antwortete, einundzwanzig Mallorca, sie sagen, aber ich muß, heiter sechsundzwanzig Malaga wolkenlos vierundzwanzig, Lissabon bedeckt, es geht nicht anders, zweiundzwanzig Wien wolkenlos zwanzig Bozen wolkenlos einundzwanzig Venedig Nebel, laß es doch, entgegnete er, und seine Stimme klang angestrengt, ich weiß nicht, was ich dabei soll, zwanzig Neapel wolkenlos dreiundzwanzig Rom wolkenlos fünfundzwanzig, es war hell draußen, und der Anatomieatlas rutschte von der Bettdecke auf den Boden, als ich mich aufsetzte, natürlich lebte sie noch, aus der Küche jetzt Radiomusik, verzerrte Töne, während jemand am Senderknopf drehte, Stimmfetzen, dann wieder Musik, die leiser wurde, während der Empfänger über andere Frequenzen huschte, doch wiederkam, dann blieb, klar und plötzlich sehr laut. Leiser gestellt wurde. Als ich in die Küche kam, tropfte der Rest des Wassers in den Zellulosefilter, Kaffee in die Kanne, und über der Maschine quoll Dampf auf, durch den ich ihren Blick spürte, der kurz zu mir herüberschwenkte, um sofort wieder zu ihm zurückzukehren. In ihrem kalten Kindergesicht, wußte ich plötzlich, war nichts, was sich mir einprägen würde, nichts, was bleiben würde, nur Anfang, Einfalt. Sie saß mit dem Rücken zum Fenster, in der Ecke zur Speisekammer, nahm, als ich mich setzte, die Zeitung hoch, entfaltete sie, zog sich den Morgenmantel über der Brust zusammen. Er schaute von seiner Tasse auf, drehte sich nach mir um und nickte mir zu, schien mir etwas erklären zu wollen, murmelte einige Sätze, die ich nicht verstand, von Schmerzen und Schreien, doch da ich nicht begriff, was er meinte, wandte er sich wieder zu ihr und sagte, offensichtlich bemüht, sie nicht anzuschreien, er sehe es nicht länger ein, ihr dabei zuzuschauen. Was geschieht, ist für dich beschlossene Sache, sagte er, räusperte sich, die Tage sind Unheil, sagst du, fuhr er fort, doch da mache ich nicht länger mit. Sie lächelte. Wir haben heute Nacht beide wenig geschlafen, sagte sie sehr leise und beugte sich entschuldigend herüber zu mir, wie zufällig fiel ihre Hand auf seinen Arm, aber ich sähe auch nicht sehr ausgeschlafen aus, guten Morgen auch, und sie nahm die Teile der Zeitung, die sie wohl schon gelesen hatte, von meinem Gedeck, goß mir Kaffee ein, Milch, Zucker, ich verneinte, und sie lächelte noch immer. Er bat mich mit rauher Stimme, versuchte ein Lächeln dabei, um eine Zigarette, dann frühstückte ich schweigend, während er rauchte und sie las, nur ein Stück ihres Gesichtes blieb über dem Rand der Zeitung sichtbar. Die leise Musik brach ab, und nun der Werbefunk, dann die Nachrichten, das Radio stand auf der Fensterbank neben mehreren Töpfen mit Geranien, die über Süddeutschland angelangte Kaltfront zieht nach Südosten ab ihr folgt frische Meeresluft nach die im Süden am Sonntag unter Zwischenhocheinfluß kommt Vorhersage Anfangs in Südbaden und südlich der Donau stark bewölkt örtlich auch Gewitter im Tagesverlauf auch hier wie im übrigen Deutschland Übergang zu wechselnder Bewölkung mit einzelnen Schauern Höchsttemperaturen fünfzehn bis zwanzig Grad in der Nacht zum Sonntag in der Mitte und im Süden Bewölkungsrückgang Tiefsttemperatur sieben bis zwölf Grad schwacher bis mäßiger Wind um Südwest Aussichten am Sonntag im Süden vorübergehende Wetterberuhigung sonst wenig Änderung mäßig warm, der Gongschlag vor dem Zeitzeichen, das Räuspern des Sprechers, da schaltete sie das Radio aus, lächelte mich an, ließ die Zeitung sinken, und ich wußte nicht, wie spät es war. Saß da und schaute sie an, hielt jedoch ihrem Lächeln nicht stand und bemerkte, als mein Blick dem ihren auswich, auf der Rückseite der Zeitung ein Photo, das die Silhouetten von Fahrradfahrern zeigte, dahinter Autos und verschwommene Häuser, im Frühnebel einer Großstadt wohl, Peking, dachte ich, Peking heiter sechsundzwanzig, Smog in Peking, die schlanken Umrisse keine Strommasten, sondern Palmen, Fahrradfahrer, Peking heiter sechsundzwanzig, ganz früh am Morgen, alle blickten zu einem hellen Fleck am Himmel, der wie der zunehmende Mond aussah, ringförmige Sonnenfinsternis, erläuterte der Text zum Bild, da der Mond zum Zeitpunkt der Finsternis in der Nähe seines Apogäums seiner Erdferne sich aufhielt und deshalb sein scheinbarer Durchmesser zu klein war um die Sonne ganz abzudecken schaffte er es lediglich zu 98 Prozent unser Bild zeigt eine

Phase des Spektakels im morgendlichen Peking die Finsternis war im mittleren und östlichen Teil Asiens sowie im westlichen Pazifik zu beobachten. In Europa wird es jetzt, Ende September, nicht mehr warm, sagte sie und schaute von der Zeitung auf, mich mitleidig an, als sähe sie durch mich hindurch auf die ganze Welt und wöge ab, Kälte gegen Wärme, über Meere hinweg, was wußte ich schon, nur im Süden ist es noch ein wenig wärmer, sagte sie. Ich mußte die Heizung noch auf Winter umstellen, fiel mir ein, aber, was heißt schon Süden, wo ist der westliche Pazifik, wußte in Italien war es noch warm, doch die konnten die Sonnenfinsternis auch nicht sehen. Aber warm. Fast so warm wie heute in Peking. Die Sonne war um sieben Uhr zehn aufgegangen und würde um neunzehn Uhr achtzehn untergehen. Wie spät war es in Peking. Schade, daß die Chinesen sich auf ihren Fahrrädern abwenden, nicht herübersehen zur Kamera, zu uns, von Peking bis hierher, und Ludwig in Italien nichts sieht, hoffentlich löst sich der Smog in Peking noch auf, aber sie sagen ja, es sei heiter. Heute. Dort. Ich nahm meine Kaffeetasse und ging wieder, auf seltsame Weise beruhigt, ins Schlafzimmer, beschloß, diesen Tag im Bett zu bleiben. Helgoland bedeckt fünfzehn Sylt bedeckt fünfzehn Hamburg, ich wußte nicht, was tun, die Worte wiegten sich, und ich mich in ihnen, was gab es denn zu erzählen, Regen fünfzehn Berlin bedeckt siebzehn Trier Regen siebzehn, das ist der Tag, dieser, kein anderer, sie machen ihn fest an den Wolken, daß er nicht verrutscht, doch was hilft mir das, Feldberg Taunus, sagte es, in Wolken fünfzehn Frankfurt, das ist hier und dennoch unüberprüfbar, und wenn, würde es doch zu keinem Argument, wußte ich und hörte, wolkig neunzehn München heiter zweiundzwanzig Zugspitze heiter sechs, es schien mir, als machten sich die beiden an so etwas nicht fest, Reisende wie Ludwig, doch auf andere Art, gebrauchten sie mich, und Ludwig am Fenster währenddessen weiß von nichts, und ich erzählte ihn ohne Rückfrage, während er zusieht, wie einige kleinere Boote die Mole passieren, vorbei an dem rotgestrichenen Türmchen in den Hafen hinein. Weiter draußen liegen drei größere Schiffe, von denen er nur die Umrisse sieht, die hat er in der Nacht schon gehört, dachte ich probehalber, doch war das falsch, und es schien mir, als gäbe ich den beiden Hinweise, von denen ich nicht wußte, wie sie gegen Ludwig verwandt werden konnten. Man darf nicht, man darf nicht, dachte ich, einfach ausplaudern, was sein könnte, so, als wäre es, auch wollte ich Ludwig nicht mit meiner Erfindung am Zeug flicken. Dennoch ergab sich eins aus dem andern, immer weiter, er sieht, wie eine Frau im Haus gegenüber Wäsche auf ein Metallgestell hängt, das unter dem Fenster mit dem blauen Vorhang befestigt ist. Feuchte Laken und bunte Hemden. Später schleicht eine Katze hinter dem Vorhang hervor und sitzt eine Weile auf dem Fensterbrett in der Sonne. Der Himmel, der sich über ihr spannt, ist wieder wolkenlos. Unten am Hafen schwappt das Öl träge schillernd gegen die Mauern. Die Straßen sind leer, es ist beinahe still, nur manchmal hört Ludwig, wie hölzerne Läden geschlossen werden, oder sieht ein Gesicht in einem der kühlen dunklen Fenster. Augen. Viel zu heiß wieder, denkt er, der den Sommer nicht mag, die Fußbodendielen krachen leise, vom Dach kommt es heiß herab. Es verdampft auf dem Blech der Regen vom Mittag. Nur am Fenster ein wenig Wind. Die blaue Gardine ist zur Seite gezogen, Ludwig kann ein Stück des Raumes dahinter sehen, einen Tisch, einen Küchenschrank, eine Tür. Die Frau im schwarzen Kleid nimmt Teller, Gläser und Besteck vom Tisch, die Wäsche wieder hinein, und beginnt zu bügeln. Hat Lene geklopft, als sie hereinkam, überlegt er, steht noch immer am Fenster, den Kopf in den Händen, war sie außer Atem von den Treppen, als sie fragte, ob sie sich am Hafen treffen könnten, schien es ihm, als machte sie das älter, als er sie sich vorgestellt hatte. Oder älter, als sie ist. Ihr Mund weich, doch weich wie etwas, das verwittert. Ihre Augen unruhig, doch als wäre die Unruhe professionell. Müde Perfektion, alle Gesten oft vollführt, wie sie sich das Haar aus dem Gesicht streicht, wie sie lächelt auch, verwitterte Unsicherheit, denkt Ludwig, als wüßte sie nicht, wie lang das Gelernte noch brauchbar sein wird. Ob es schon zu verrotten beginnt. Er nimmt Zigaretten und Feuerzeug und stapft laut und schwerfällig die Treppen hinab. Auf der Straße, als er schon hinuntergehen will zum Hafen, zögert er und überlegt es sich anders. Den Hügel durch enge Gassen hinauf. Die Stadt.

17.

Die Stadt, ich sah ihm in die Karte, spannt sich
um weites Blau und ufert, mit roten Rechtecken und
weißen Linien, aus in Grün. Namen kreuzen.

Ludwig lehnt an einer Brüstungsmauer und sieht, zwischen Häusern hindurch, über Dächer hinweg, den Corso Garibaldi entlang und über die Bucht nach Oneglia hinüber, sieht auf Porto Maurizio, in die tiefen Einschnitte der Straßen, wie Stollen zwischen die ockerfarbenen Häuserwände gedrängt, Gassen unter Häusern hindurch, die Via Petrarca etwa, oder jene mit der Pflasterung aus glatten, im Fischgrätmuster in den Beton gedrückten Kieseln, Balkone verdunkeln die Gassen, nach unten verliert sich das alles, zum alten Hafen hin, über die Hauptstraße hinweg, die der Küste folgt und die Stadt teilt, werden die Häuser niedriger vor dem Kai. Er ist über Treppen heraufgestiegen, unter überbauten Dächern, Erkern entlang, durch Kellergänge, an offenen Fenstern, Klaviermusik, Kindern, Läden in winzigen Passagen und Stützmauern vorbei, in denen Risse nach unten züngeln, zur Kontrolle Glasscheiben darüber betoniert, die zeigen sollen, wenn der Riß sich weitet, und ist endlich aus einer dunklen, feuchten Treppe aufgetaucht, Himmel, das Meer mit einemmal über eine letzte Mauer hinweg, Piazza Chiesa Vecchia, mit dem schmiedeeisernen Kreuz auf der Brüstung, die nicht mehr ist als ein Betonquadrat zwischen den Häusern und der kleinen Kirche, daß man erwarten könnte, sie werde zerrieben zwischen Himmel und Meer. Und doch nimmt es die verwirrende Kahlheit, der Beton, blau gestrichen bis unter die Türen, mit dem wolkenlosen Himmel auf. Ludwig schaut vom Kreuz aus nach Oneglia, das nicht so still ist, an der Piazza Dante ist Markt, da hat er Lene getroffen, am Abend der corso unter den Arkaden der fünfstöckigen Fassaden, die den Platz einrahmen, auf der Verbindungsstraße am Meer entlang nach Porto Maurizio, der Viale Giacomo, kommt man am Rande der Stadt an verwachsenen Lagerhallen vorbei, an Eisenbahnschienen, am Hafen, den Zollschranken, Schiffen, aus Panama vielleicht, kommt an die Brücke über dem Impero, der im Sommer kein Fluß ist sondern weißes Geröll unter den vier Brückenpfeilern der alten Brücke aus den ligurischen Bergen, Straße und Brücke bergan, das stört mich, denkt Ludwig, dieser Fluß ist so weiß, wendet sich ab und sucht sich eine Gasse bergab, beschreibend ordnet sich alles ein für allemal und bleibt dann unverrückbar, und doch zerfällt der Ort in zwei Teile, fällt an der dünnsten Stelle auseinander, als wäre er müde, denkt Ludwig und geht die Via Petrarca hinab, bis sie den Corso Garibaldi kreuzt, und dann die Treppen der Via Croce di Malta zum Hafen hinunter, zwischen den hohen, schattigen Häusern hindurch, die zusammenrücken, wegrücken ein wenig vom Meer, vom Hafen, an dem die Gasse endet, in dem keine großen Schiffe liegen, kein Frachtverkehr, nur bunte Ruderboote und Segeljachten, man kann baden und die Mole entlanggehen, unbehauen aufgetürmte, feuchte Steine zur Seite. Den Häusern eingebrannt ist die Sonne, die selbst auf der abgewandten, schattigen Seite der Mauer noch glüht, die Fenster abgeschirmt durch grüne Läden, manche halb nach oben aufgeklappt wie Zelte, aus dem verwaschenen Beton heraus, aus den Mauern, die ungewiß scheinen, Senso Unico, die Gasse am Hafen von dreistökkigen, mit gelbem Lehm beworfenen Häusern gesäumt, zerfledderte Wahlplakate kleben, neben den niedrigen, dunklen Holztoren, in numerierten Feldern, weiße Pinselquadrate, gewohnt scheint Ludwig alles, was er sieht, auf eine fremde, doch nur vergessene Weise, idyllisch, denkt er, menschliches Maß in der Größe der Räume, der Erreichbarkeit der Dächer, den Fingerabdrücken, die im Verputz überdauern, eine wirkliche Elle, eine Spannbreite, noch meßbar mit Augenmaß. Das andere, ist es auch unmenschlich, überlegt er, ist zumindest nicht lächerlich, schade, daß uns keine Wahl bleibt, die einzig mögliche Haltung ist die der Fremde, nicht nur in der Sprache. Ludwig scheint es, als ob er, der die fremde Sprache nicht versteht, sie am besten begreifen müßte. Ich will nicht wissen, was etwas heißt auf die und die Weise. Doch er weiß, alles wäre anders, läge nicht bei seinem Sprechen, wie der Löwe beim Lamm, diese andere Sprache, die nur Klang ist, wie warme Luft ist, in die man sich hüllt, ohne sie zu sehen, immer seltsam gleich, aus dem Radio un grande picccolo amore, in den Straßen und Geschäften, die Wörter auf den Plakaten, die Zeitungen, dem Tag unterlegt, sein Erleben wäre ein anderes, hätte er nicht diese unbekannte Sprache, die er nicht lernen will, nicht sprechen können will, über den Dingen verläßlich liegen, wie einen feinen Schleier, der jedoch dem starken und klaren Sommerlicht nichts von seiner Schärfe nimmt. Es scheint Ludwig, als grenzte sich alles mehr noch als sonst in ganz starker Klarheit ab, würde fast starr im heißen Licht. Aber die Luft ist seltsam weich, und feucht jede Bewegung hier am Hafen. Wenn er etwas berührt, wird es ihm glitschig unter der Hand.

18.

In einem von Ludwigs Büchern steht, einmal müßte man von der Erklärung auf die bloße Beschreibung kommen.

Lene hält ihr Gesicht mit geschlossenen Augen in den Himmel und denkt, fast weiß ich, wann er aus dem flirrenden Licht auftauchen, selbst flirrend in seinem Umriß, herüberkommen wird am Hafen entlang, auch wenn ich ihn nicht höre, weil die in sich zitternde Luft alle Geräusche dämpft. Sie öffnet die Augen und wendet sich aus der Sonne weg. Es stört sie nicht, die Gedanken verscheuchen zu müssen, denn wie er langsam den Kai entlanggeht und ein wenig schüchtern von weitem schon winkt, als wüßte er eben von der Weite, die zwischen ihm und ihren Tagträumen liegt, macht sie lächeln. Die Metalltrossen der Segelboote schlagen beständig klimpernd gegen die Aluminiummasten. In der Mitte des Cafés, direkt am Kai, Stühle und Tisch aus Metall, Lene bestellt Cappuccino, klebriges Gebäck, Wassermelone. Keine Wolken, sagt er, um etwas zu sagen. Auf dem Aluminium des Tisches glitzert kalt die Sonne. Lene erzählt ihm von Triest, sitzt klar umrissen vor dem spiegelnden Meer. Ludwig beobachtet, wie der Zeigefinger ihrer rechten Hand am Rand des Buches entlangstreicht, in dem sie gelesen haben wird, denkt er, bemerkt auf ihrem Unterarm die dunklen Haare, unter denen die Haut kaum heller hervorschimmert, die sich dicht, wie glattgestrichen der Haut anlegen bis zum Handgelenk, zum Handwurzelknochen, der stark hervortritt, bis zum metallenen Band der Uhr, Werkzeug, denkt Ludwig, Pleuelstange, Radnabe, Ausdrehstahl, anders als jene wie gegossenen Hände, die, sich immer gleich, unbeweglich, oder vielmehr, er verbessert sich in Gedanken, von außen bewegt scheinen. Lenes Hand, deren Haut gerade erst, aber doch schon, weich zu werden, sich abzulösen beginnt von den Muskeln, spricht von dem, was sie tut, durch die Zeit, die sie es tat, wie ein lederner Arbeitshandschuh, liegengelassen, der die Form der Hand und mehr noch die Gleichförmigkeit des Handgriffes bewahrt, in dessen Wiederholung ihm die Zeit verging. Ludwig schaut ihr ins Gesicht, fragt sich, ob sie wohl selbst ihre Hände nicht manchmal irritiert betrachtet, verwundert darüber, daß sie ihr gehören, tun, was sie will, wortlos reden in einem fort, in jeder Bewegung, mit der die Fingerkuppen, die kein Alter haben, jetzt zum Beispiel über die Kante des Buches streichen. Lehramtsstudentin, doch, das hat sie ihm schon gesagt, gestern, seit gestern erst, sie lacht, er auch, ja Triest, sie erzählt von ihren Seminaren, doch, betont er, das interessiere ihn, denkt, ihrem Sprechen schiebt sich ein Prickeln unter, wahrscheinlich weiß sie das gar nicht, macht pädagogische Konzepte zu etwas Anstößigem, wirklich, bestätigt er sich, das erfinde ich nicht, da ist etwas, ohne jedoch den hellen Klang ihrer Stimme auch nur einen Ton zu verdunkeln. Doch, 68 hat er miterlebt, antwortet er einsilbig. Sie schlägt ein Bein über das andere, durchsichtig bestrumpft unter dem kurzen Rock, und sein Blick, als wäre er nur lose befestigt, verläßt ihr Gesicht und folgt der dichten, unter dem Strumpf wie gekämmten Behaarung, wie sie die Wade hinabläuft, in der Kuhle zwischen Schienbeinmuskel und Zwillingswadenmuskel sich ein wenig kräuselt, glatt der Haut anliegt zum Knöchel hin, zum offen aufgebahrten Spann, der sich muskulös aus dem flachen Schuh wölbt, adrige

Hand, die Finger des Fußes verdeckt, der sich in schwebender Haltung im Lot hält, als klammerten Finger sich an Unsichtbares, doch frei für die Erschütterungen, die Veränderungen der Haltung, bei denen der Schuh kurze, verschlüsselte Arabesken in die Luft zittert, unverständlich, ohne Bezug zu Gehen und Stehen, während die Strümpfe sich hörbar aneinander reiben und der Rock ein wenig nach oben rutscht. Gleichmäßig klimpern Drahtseile an den Aluminiummasten der Boote. Auffällig, denkt Ludwig, der sich keine Gesichter, nicht einmal für kurze Zeit, merken kann, und meint erinnerbar, ihr Kinn und ihr Blick, ein wenig verschwommen, vielleicht durch die zittrige Luft jetzt, überlegt er, als wären ihre Pupillen runde Fenster ins Innere eines Schwimmbeckens. Da bemerkt er, daß sie nichts mehr sagt, fühlt sich unwohl dabei, unaufmerksam gewesen zu sein, aber warum nicht, ich hab nichts zu verlieren bei ihr, denkt er und erzählt ihr drauflos von seiner Krankheit, das klingt nach Entschuldigung, doch er kennt das schon, mißtraut sich dabei nicht mehr, warum nicht bemitleidet werden. Lene fragt ihn, wie lange er bleiben könne. So lange er wolle, sagt er und denkt dabei nicht an mich, oder doch, er schweigt zumindest wieder, hört auf das Meer, eine Vespa irgendwo in einer Seitenstraße, und vom Innern des Cafés elektronische Spielautomaten, die einfache Tonfolgen wiederholen, da sagt sie, wir bleiben bis Anfang Oktober, dann fängt das Semester wieder an. Triest ja, sie nickt auf seine Frage. Was hat denn der Arzt gesagt, will Lene wissen und, ob es keine Möglichkeiten gebe. Nein, eigentlich nicht, nur das übliche, man wisse nie, doch es erschreckt mich nicht, ist eher so, wie wenn man etwas erkennt, das man schon immer wußte. Wie das Wiederfinden des Wissens um einen Verlust. Ludwig überlegt, schaut sich um, so, fügt er noch hinzu, als entdeckte man plötzlich, daß es das Meer gibt. Er lächelt sie an, die sich zurückgelehnt hat und schweigend raucht. Aber das wäre doch etwas Schönes, sagt Lene zögernd. Ja, antwortet Ludwig und nickt. Wind fängt sich in ihrem Haar. Sie bemerkt nicht, daß seine Augen die kleinen Haare an ihrem Hals umarmen, die der Wind leicht beugt, hat das Gefühl, daß sein Körper leise zu summen beginnt, als er sich weit zurückbeugt und den Himmel auf seine Augen lädt, müde, als ihr Blick ihn dabei überrascht. Seine Gedanken flattern wie nasser Stoff im Wind, wenn seine Augen so stumpf in der Haut liegen. Wie lange die Zeit doch ist, durchzuckt es seinen Kopf, und, wie alt ich schon bin. Überhaupt, das Meer, sagt er in die Stille hinein. Frankfurt. Erzähl mir von Frankfurt, sagt sie. Er lacht. Woher kommst du, will er wissen. Bremen, jetzt lacht sie. Es sind noch alle Fragen übrig, doch er entgegnet nichts mehr, vielleicht haben wir ja Zeit, denkt er, und weiß mit einemmal, daß jetzt die Fremde keine mehr ist, daß in der unbekannten Sprache der Tod schon wartet, und wenn die Schmerzen wiederkommen, nicht das Stechen beim Atmen, die kalten Füße und Hände nachts, der Schwindel, sondern die richtigen Schmerzen, plötzlich, dann wird das vielleicht nicht viel anders sein, überlegt er, als der Klang der fremden Sprache, ziellos und wirr und doch bedeutend, wie Schmerz ziellos Bedeutung gewinnt, sinnlos metastasierend und Sinn vorgaukelnd, wie die sinnlosen Sprachfetzen, deren Klang Ludwig hört, ohne zu begreifen, nach welchen Signifikaten sie suchen. Lene hat ihre Beine auf einen Stuhl gelegt, den Rock hochgeschoben, eine Sonnenbrille aus ihrem großen, schwarzen Stoffbeutel geholt, der am Tisch lehnt, hat sich zum Meer hingedreht, zur Sonne, und ißt jetzt die Wassermelone, die in ihrer Hand feucht kalt glitzert, es ist still bis auf das Schlürfen des Melonensaftes aus dem Fruchtfleisch, das Ausspucken der Kerne, und der metallene Tisch brennt im Licht der Sonne, die lange dunkel im Kaffeerest in der Tasse liegt, bevor das Porzellan verschattet. Lene will wissen, lächelnd, als scherzte sie, und doch ist ihre Stimme kühl, was er mit Frauen gehabt habe. Wenn ich dich ansehe, denkt er, sagt, was meinst du, nichts, sagt sie, er, daß ihr das Gefühl sicherlich fremd sei, zu verstummen in anderen Mündern, so schal plötzlich, doch, sagt Lene, das sei dann, wenn man sie aus sich hinausgejagt habe, was soll das, denkt Ludwig, ihre Worte klappern aneinander, als wären sie nebeneinander hingeworfen, wie das für sie ist, will er wissen, wenn sie einer so anfasse, man wälzt sich auseinander, sagt Lene, schnell, und als wäre die Antwort zwangsläufig, denkt daran, daß sie als Kind davon nichts wußte, nur die Fremde spürte, die sie von der Mutter trennte, wie einen verschlossenen Raum, der, als sie die Mutter eingeholt hatte, leer war. Ich verstand, was sie damit meinte. Ludwig hat die Augen geschlossen. In ihrer Stimme klappern Steine aneinander, ich ließ die beiden für einen Moment allein, um ins Bad zu gehen, hatte meine Gäste fast vergessen, seit es von der Küche her still geworden war, doch als ich ins Bad kam, stand sie da, hatte nicht abgeschlossen, kämmte sich die Haare vor dem kleinen, rechteckigen Spiegel, drehte mir den Rücken zu, hatte den Bademantel ausgezogen, der Wasserhahn lief und ich spürte den Hauch kalter Luft. Sie sah mich nicht, beugte sich vor und kämmte die Haare vom Haaransatz im Nacken nach vorn, daß ihr Gesicht ganz unter ihnen verschwand, zwischen ihren Beinen das grüne Fädchen eines Tampons, das immer wieder, während sie, weil das Kämmen schmerzhaft war, von einem Fuß auf den anderen wechselte, zwischen ihren Beinen erschien und verschwand. Erst als ich den Wasserhahn abdrehte, so, als überführte ich sie damit einer Unachtsamkeit, sah sie mich an, und ich bat sie, einen Moment hinauszugehen. Ohne überrascht zu sein, griff sie nach dem Morgenmantel und schloß die Tür hinter sich, rief von draußen, ich solle doch nicht den ganzen Tag im Bett verbringen, ob ich denn krank sei, ob sie beide mich störten, ich könne doch nicht die ganze Zeit im Bett bleiben, solle doch so tun, als wäre alles wie immer. Wo ist denn der andere, und, wie heißt er eigentlich, wollte ich wissen, Johann, sagte sie, er ist im Arbeitszimmer und liest, ob sie mir Gesellschaft leisten solle, schließlich säßen wir alle im selben Boot. Sie stand im Türrahmen, und als ich an ihr vorbeigehen wollte, hielt sie mich am Arm fest mit einem schnellen, aber sanften Griff, und ließ dabei den Stoff des Morgenmantels los, der sich öffnete. In der anderen Hand hielt sie noch die Haarbürste. Sie machte keinen Versuch, den Stoff mit der anderen Hand wieder zusammenzuziehen oder mich loszulassen. Nein, entgegnete ich, ich wolle meine Ruhe, wolle zumindest im Schlafzimmer allein sein, und wie sie beide, wenn sie unbedingt hierbleiben müßten, ihre Zeit herumbrächten, sei mir gleich. Im übrigen belauschten sie mich doch sowieso, das wisse ich längst, fügte ich noch hinzu, da lachte sie und ließ meinen Arm los. Ich wußte, es war längst nicht mehr zu verbergen, daß die Dinge, die mich und den Tag umgaben, nachdem ich sie hervorgeholt und erzählt hatte, habgierig wurden, zu einer greifbaren Geschichte und, einmal begriffen, trotzig ihren Platz ergriffen, wie Müll zur Decke stanken, wucherten, daß es schwierig wurde mit der Zeit, sich zwischen ihnen zu bewegen, gern wäre ich gegangen, einfach weg, wenn nicht diese Geschichte gewesen wäre, deren Anfang an mir zog und zerrte. Jetzt erst durchschaue ich, inwieweit ich Mittel für die beiden, oder doch zumindest für meinen weiblichen Gast war. Denn während ich erzählte und die beiden mir lauschten, vielleicht auch nur meinen Gedanken, stießen sie mich vom Anfang der Geschichte zum Ende. Ich hatte keine Chance, denn im Grunde ist es ja immer derselbe Weg von den Geschichten zur Verwunderung und von der Verwunderung zu den Geschichten. In Wirklichkeit kehrt man nur immer wieder zurück. Wie die Wellen, denen Ludwig jetzt nachdenklich zusieht, in Wirklichkeit immer dieselben sind, ist es das Erzählen, in dem eins zum andern kommt, auch. Gerade daß die beiden an diesem Nachmittag so still waren draußen in der Wohnung, ich lauschte auf sie, dachte mir aus, wie sie, aneinandergekauert, eingeschlafen sein könnten auf dem Sofa im Wohnzimmer bei meiner Geschichte und sich nicht rührten, während auch ich den Atem anhielt, wartete, was geschehen könnte, überlegte, mich davonzustehlen, beschleunigte die Handlung noch. Ludwig schaut hoch von der Tasse, sie ist so jung, denkt er immer wieder, und erzählt, nur um etwas zu sagen, wie er einmal am Morgen aufgewacht sei, und sie, meine Frau, doch das ist gleichgültig, fügt er ein, am Fenster, nur ihren Rücken im grauen Flimmern, gesehen und nicht gewußt habe, wo ihr

Blick sei im Nebel vor dem Fenster. Als sie sich dann umgedreht habe, sei es gewesen, als ob eine Saite in seinem Kopf, die lange gespannt gewesen war, nicht mehr da wäre, als wäre eine Verstrebung, die etwas im Lot hält, plötzlich verschwunden, wie Katzendarm, mit dem man Wunden näht, sich plötzlich auflöst. Da bin ich gegangen, sagt er noch, denkt, das paßt zu nichts, ich werde sie verjagen mit solchen Geschichten, und ist schon, als sie ihn etwas fragt, an anderer Stelle, bei einem Gedanken, der seinen Blick irritiert wie ein Spiegel einen Lichtstrahl. Ob ihr nicht meine Hände widerlich sein könnten. Warum gerade die Hände. Möglich ist es doch, wie alles andere, auch, daß ich aus dem Stuhl aufstünde und sie küßte, damit man nicht mehr daran denken muß. Im Griechischen nennt man es Geschichten mit Schlangen, unangenehm, jetzt zu sagen, daß sie mich langweilt, daß wir zusammen schlafen sollten, wie alles ist, der Tisch, die Stühle, oder, weiter zurück, was sie zuvor gesagt hat, das macht doch nichts, hat sie gesagt, das wiederholen, darüber reden, über das, von dem man denkt, das es ist, wie man es beobachtet, was man immer wieder tut, vielleicht, weil man es nie sagt, was wie ein Schmerz beginnt, dieses Langsame, das einem Honig in den Kopf schmiert, wenn man zuhört, zusieht, wie es mehr wird, wie der Schmerz, auch der Kuß ist ähnlich, wenn man nur nahe genug herangeht, vielleicht kommt das daher, daß man dort, wo der Schmerz beginnt, keine Augen hat, dumpf wie eine Spirale geht das langsam, bohrend im Kreis, aufwärts, im Dunklen, und so denken wir ja auch. Die hat wirklich gesagt, das macht doch nichts. Auch Gedanken sind blind, wenn man denkt, daß man denkt, dumpf bleibt das, damit öffnet man dem Schmerz Tür und Tor, das müßte man mal sagen, doch das will keiner hören, das geht nicht, daß ich ihr den Finger jetzt einfach in den Arsch stecke, nichts da, nichts hilft gegen den Schmerz, solange das so ist, denkt er, und kehrt zurück zu jenem Satz, von dem er sich, für einen Moment abgehoben hatte, Geschichten mit Schlangen, kehrt zurück, als ginge er im Kreis, um wieder aufzusammeln, in sich zu nehmen, was er für einen Moment aus sich gestellt hatte, kehrt zurück in das Bild, das dauert nur eine sehr kurze Zeit, das merkt sie kaum oder nur in einem kleinen Gefühl der Verwunderung, das noch nicht einmal zum Ärger wird, sondern Irritation bleibt, weil ihr deren Grund, die kurzzeitige Fremdheit Ludwigs, seine Gedankenverlorenheit, überhaupt nicht bewußt geworden ist, so daß ihre Irritation, als er nun auf ihre Frage antwortet, im Vergessen verschwindet und nicht mehr erinnert werden wird. Nein, wir sind nicht mehr verheiratet. Ludwig sieht Lene nicht an, sondern hinaus aufs Wasser, hört jetzt wieder, wie es an die Steine schlägt. Wie ein Kopf dumpf an eine Wand. Auch sie spürt den Wind wieder und schaut sich um, als wollte sie nachsehen, ob der Horizont noch da sei. Dann blinzelt sie wieder in die Sonne. Und lächelt. Gibt ihm Zeit und, scheinbar, auch mir, damit ich in jenem schweigenden Moment aufschauen und meinen Bruder ansehen konnte. Ich zögerte, ob ich ihn nicht doch, anders, glücklich machen könne, der Zorn, den ich noch gestern gespürt hatte, war verschwunden, ich begann zu befürchten, auch wenn ich es nicht wissen konnte, daß es nicht weit sein würde von der Verwunderung des Anfangs zum Eingeständnis der Wunde, verstand die beiden nicht, die dort sitzen und wie alle gelernt haben von der Vorsicht, und doch nie lernten, bevor sie sich vorsahen, verstand nicht, daß sie nie den gleitenden Zügen zusahen, unter den Gleisen hervor, wenn die laublosen Bäume sich zitternd verbiegen, statt dessen einander du sag mir sagen, während an den Bäumen das Laub zerflattert, der Herbst, und sich lächelnd im Gleichzeitigen suchen. Zwar sehen sie sich an, spüren den Nachhall von etwas, doch vergessen sie, so schnell sie es können, was sie, jeder für sich, denken. Wünschen alles an Unsicherem den Bäumen an die Äste, nur sich nicht, ich wußte, damit kommt die Furcht wieder, ist schon da. Dort, sagen sie beide, einigende Angst, ohne zu ahnen, daß sie sich damit verraten, Mißtrauen wächst, dort, sagen sie, dort, noch mal, und meinen die Bäume, oder auch etwas anderes. Und wissen es nicht. Dort, das ist der Vorwand. Sie würden, wußte ich, auch wenn sie möglicherweise noch Küsse vor sich hatten, das Ziel wieder verfehlen. Schon ist alles verraten an die Angst. Das Einzige, was den beiden noch bliebe, aber sie wissen es ja nicht, wäre, zu bemerken, daß Wolken sich auch anders ordnen, daß Schlaf sich belebt, doch vergessen sie es spätestens mit dem kalten Nachtschweiß am Morgen. Dafür nistet sich etwas anderes ein, bald schon, in den Augen der beiden vielleicht in diesem Moment. Ohne Macht zerflattert das Laub. Jetzt, da ich vom Ende weiß, wünschte ich mir, mehr noch als damals, daß es zwei gäbe, die einmal an sich das Täuschen verlernten, daß ich nie die Stunde sehen möge, da Hüons Herz durch Schwäche sich entehrt. Damals sah ich den Bogen, der sich von Gesicht zu Gesicht spannt, auch, daß sie lächeln, und ahnte nur, daß das alles nichts zu sagen hat, schon umsonst ist. Über der Stadt liegt ein gelber Dunst. Das Meer scheint violett zu schimmern.

Lene sagt, er müsse zu einem Arzt gehen, zurück nach Deutschland, um sich dort behandeln zu lassen. Die Wände der Häuser krümmen sich an vielen Stellen durch den seltsam gedankenlos aufgeworfenen Putz, dessen Farbe in vielen Schattierungen zwischen Gelb und Rot leuchtet, verwaschen, unsauber und alt, denkt Ludwig, der sich minutenlang ohne nachzudenken in den Zwischentönen der Mauern verloren hat, und gähnt. Der Himmel rötet sich, und die grauen Wolken, die unter dem roten Schein hindurchziehen, selbst übertönt vom Rot, verdecken nichts, vernachlässigbar, keiner Beachtung wert. Die Sonne ist weg. Er glaubt irgendetwas verfehlt zu haben, und beinahe erschrak ich darüber, schien mir das doch Indiz, daß er meine Gedanken bemerkt haben, irgendwo am Hafen auf sie gestoßen sein muß, und ich verhielt mich ganz still, bis er diese Empfindung des Versagens beiseite wischt und zu Lene sagt, er habe Hunger, ob sie nicht etwas bestellen könne. Sie winkt den Ober, Torta Verde und Rotwein, sie schaut ihm rauchend beim Essen zu, läßt sich einmal einen Bissen in den Mund schieben, doch es hätte natürlich auch ganz anders sein können, alles, sogar er, wenn ich ihn anders erzählte, und wüßte er jetzt davon, käme ihm das sicher vor, als übervorteilte ich ihn wie früher, wenn er, schüchterner als ich, obwohl ich der Jüngere bin, hatte nachgeben müssen. Es muß ihm erschienen sein, als ob ich seine Pläne schon damit durchkreuzte, daß ich lachte, aus Vaters Arm heraus, den mein Lachen freute, lachte, ich begriff Ludwigs Ernsthaftigkeit nicht, die Schwere, mit der er ging und sprach, sah nur die wässrigen Augen, bis er schließlich schwieg, lachte, als wäre er eine schöne Erfindung. Er hat das nie verstanden, hat es sich immer leicht mit seinem verrückten Bruder gemacht, mich einfach übersehen, bevor mein Lachen ihn zerreißen konnte. Im nachhinein war es zu spät, das zu ändern, doch ich nahm mir vor, ihm bei seiner Geschichte zu helfen, ihm ohne Lachen aufzuhelfen, beizusteuern, was ich konnte an Überredung, an Erzählkunst, Faden um Faden wollte ich an jenem Nachmittag, ihm zur Sicherheit, um die beiden legen, und hoffte, daß sie, da unten in Italien, meine Einmischung nicht bemerkten, auch wenn die anderen mich belauschten, und Ludwig einmal noch, in meinen Worten, Zeit gewänne. Doch sah ich, wie ihm der Boden unter den Füßen schwindet, was ich auch sagte, und während es Abend wird, hat er vergessen, wie alt er ist, und das klappert in ihm wie eine alte Holztür, die von zweierlei Wind sowohl in den Rahmen als auch an die Wand geschlagen wird, und das, was er ist, denkt er als Frage. Sieht zu, wie sich eine Fliege auf seinem Arm die hinteren Beine mit den vorderen putzt. Und nun. Den Arm anspannen und langsam über sie, dann zuschlagen, ohne an den Ekel zu denken. Lene sagt nichts, sie warten beide, und es hätte mich nicht gewundert, wenn sie mich plötzlich ansähen, in die Kamera schauten, von der Leinwand herunter ihr Blick träfe, aus der Geschichte heraus auf eine Weise, die mich, den Zuschauer, denunzierte. Doch sie warten, sagen kein Wort. Die Uhr zeigte die Zahlen vierzig und dreiundzwanzig, es war später Nachmittag, die Wohnung still. Ich versuchte mich wieder an die wenigen Daten zu erinnern, die der Anatomieatlas von meinen Gästen preisgab, und es schien mir, als reichte es nicht aus, um sie zu entwerfen, als blieben die sehr genauen Zeichnungen und Beschreibungen doch in einer eigentümlichen

Weise unbefriedigend, eigentlich unzureichend, nicht Grund genug dafür, daß sie waren, wie sie waren, als wäre ein Teil von ihnen nicht ganz in die Gestaltung eingeflossen, oder auch, überlegte ich, ihr Aussehen nur Tarnung, Übergang, ich mußte wieder an meinen Traum denken und nahm mir vor, ihn, den Unverletzten, nach ihrer beider Herkunft zu befragen. Ludwig schweigt immer noch. Lene sieht ihn an, und ich hatte das Gefühl, ich plapperte vor mich hin, wie ein einsames Kind, hatte keine Zigaretten mehr, dachte, Entkommen, vielleicht, daß mich jetzt keiner hört, daß sie schlafen. Zögerte, Ludwig allein zu lassen, doch schien er mir sicher, im Café am Hafen, ich hoffte, er sei unerreichbar für die beiden, wenn ich schwieg. Die Tür zur Küche stand offen, dort waren sie nicht, im Wohnzimmer möglicherweise, überlegte ich, stand einen Moment still vor dem Spiegel im Flur, hörte, wie jemand Wasser in die Badewanne ließ, vielleicht würde es eine Weile dauern, bis sie mein Fehlen bemerkten.

19.
Fluchtversuch. Anfang.

Ich weiß nicht, ob der Kioskbesitzer mich erkannte, es begann dunkel zu werden, und mein Gesicht verschwand fast hinter den Zeitschriften, die über dem kleinen Fenster hingen, aus dem heraus er fragte, was ich wünsche. Die Luft war grau, es schien mir schwer vorstellbar, wie warm es in Italien sein sollte, vor mir fielen Kastanien und gelbe Blätter auf den Weg, als ich aus den Straßen in den Park, aus den Schatten der Glasfronten auf Gras trat. Die Wolken rissen auf und der Himmel klärte sich, wie es die Wettervorhersage bestimmt hatte. Helleres Grau kam hervor. Nichts sonst. Vielleicht sollte ich Dr. Minks doch anrufen, überlegte ich, ihm erzählen, was geschehen war, schließlich konnte ich weder alle Tage im Bett bleiben noch mich mit den beiden Gestalten arrangieren. Dunkel zwischen den Bäumen, die in dünnen grauen Linien dem Winter zuwuchsen. Die Wolken schaukelten, als wollten sie herunterfallen. Zwischen den leeren Büschen, um die sich gelbe, sehr kleine Blätter konzentrisch häuften, pickten Vögel. Der Park reicht ganz nah an die Hochhäuser, schiebt sich an sie heran, gewölbte, fließende Wunde zwischen den hohen gläsernen Bauten, deren Fassaden jetzt am Abend aussahen wie Fleischseiten, Wundränder die Wege, blutleer in der Kälte. Kinder dazwischen und fern gerückt Mütter, die den Abend aushielten. Die Kinder liefen weg, könnten sie nur. Schritte in den Wegen, Büsche überwölbten sie, wer kommt, ausgeworfene Kinderblicke, die erschreckten mich, ich ging im Kreis, das war keine Flucht, die Bäume krümmten sich nach verworfenen Mustern in die Luft wie Schattenrisse, flirrendes Schwarzweiß, Kino also, in Imperia hat Ludwig die Plakate inzwischen gesehen, im Dante-Cinema Annette Haven, das Autokino schon geschlossen, Saisonende, kein Regenschirmverleih. Ich ging langsam, leise, als verflögen die Schritte, stellte mir vor, aus den Wolken kämen Tiere, die sich an die Deutsche Bank klammerten, sich hoch oben aufsetzten, steinerne Tiere, verwaschen und feucht vom Wetter, wie auf Kathedralen sich an die Glasfassaden lehnten, über eine Brüstung hinweg sich anklammerten, über steinerne Knochen spannte sich Steinhaut, offene Mäuler und gespreizte Krallen, die sich über einen würfen von oben, sich in der Nacht selbst festbissen, stellte mir vor, ihr zuliebe, daß ihr das Angst einjagen könnte. Kaum. Sie ist hundert Jahre zu alt. Und dann dieser Geruch in der Wohnung, seit gestern schon, der aus ihrem Morgenmantel aufstieg, nach was weiß ich was, der nicht weniger wurde, sondern zunahm mit der Zeit. Im Dunkel würde sie mich nicht finden, dachte ich, vergaß zu fragen, wie der Film hieß, sagte, ja doch, auch wenn er schon eine halbe Stunde läuft, möchte ich gerne noch rein, natürlich den vollen Preis, verstand nicht, was auf der Leinwand geschah, hätte doch Dr. Minks anrufen sollen, aber am Dienstag dann würde ich ihm alles erzählen, schließlich wußte ich jetzt, daß ich die Wohnung immer noch verlassen konnte, bemerkte, zum erstenmal, Türen an den Seiten des dunklen Saals, mit demselben dunkelroten Stoff beschlagen wie das ganze Kino, zum erstenmal ist falsch, immer schon hatte ich gesehen, daß es mehrere Türen gab, doch nun, am frühen Abend, fast allein im Kino, überlegte ich, wohin diese Türen, Brandgefahr, Notausgänge, Fluchtwege wohl führen mochten. Ein Kino braucht nur einen Eingang und ein kleines Fenster, durch das das Licht des Projektors fallen kann, das ist alles, in der Falle, wohingegen Theater etwa, Treppen und Säle, gerade Theater, Tür um Tür brauchen, Kulisse vor Kulisse geschoben, im Kino nicht, Japanisch mit deutschen Untertiteln, Soldaten mit roten und blauen Fahnen am Rücken liefen über grüne Hügel, immer dieselben Gesichter, alles bewegte sich, die Türen vergaß ich, die Gedanken verloren sich wieder aus dem Kopf, bis hinter mir jemand leise zu sprechen begann, ich nahm das zuerst kaum wahr, widerwillig nur, leises Sprechen monoton neben dem Film, keine tiefe Stimme, eine Frau, scheinbar unbeteiligt, trügerisch sanft, beruhigend im dunklen Saal, nicht verständlich, dann beinahe deutlich, ohne Bezug zur Leinwand, ließ sie doch das Geschehen des Films zufällig werden, blindlings strömten die Bilder herein und bedeckten das weiße Rechteck, ohne Raum herzugeben, schnurrten zu nichts, zu planer Fläche zusammen unter der leisen Frauenstimme, als stürben sie weg, verwelkten, wenn Bilder verwelken könnten, dachte ich, unruhig, wußte nicht mehr, war ich im Film oder daneben, in etwas, das ich nicht kannte, war sie das, hatte sie mich verfolgt, gefunden, doch wie erkannt in den tiefen Sitzen, machte es mir schwer, ließ einfach die Geschichte verschwinden, wie angehaucht, eisig, und schon weg, obwohl der Film weiterlief und sich farbig spiegelte in den Beschlägen der Türen. Da sah ich mich um nach der Stimme, ahnte die Richtung nur, aus der sie kam, Ruhe, sagte ich, erst leise, dann ein wenig lauter, und die Stimme wurde für einen Moment still. Dann wieder. Die Stimme. Der Film nicht. Vielleicht war sie es wirklich. Ich stand leise auf, ließ den Klappsitz mit der Hand vorsichtig hochschwingen und ging.

20.
Abschweifung.

Da ich den Ausgang des Kinos von der Telephonzelle aus im Blick hatte und ständig beobachtete, kann ich mit Sicherheit sagen, daß sie nach mir nicht das Kino verließ, zumindest nicht, während ich Dr. Minks Visitenkarte aus der Brieftasche nahm, mir eine Zigarette anzündete und die Nummer des Arztes wählte, entschlossen, ihm alles zu erzählen, auch auf die Gefahr hin, wieder in die Anstalt zu müssen, sicherlich würde er mir nicht glauben, aber vielleicht, dachte ich, hilft es Ludwig, der noch immer bei Lene sitzt am Hafen und nun Angst bekommt, weil es Abend wird, vor der Nacht und dem Schlaf, dann kann der Schmerz leichter herein, ich versuchte zu ordnen, was ich dem Arzt sagen wollte, um vernünftig zu beginnen, zum einen zum andern, am Anfang das Buch, da knackste es schon im Hörer, Dr. Minks meldete sich, hallo, ja, ich bin es, es tut mir leid, daß ich Sie am Wochenende störe, doch, mir geht es eigentlich gut, aber, es ist, daß einige Dinge geschehen sind, die ich, nein, ich bin nicht aufgeregt, aber, Sie müssen, nur, daß Sie nicht meinen, es seien Einbildungen, es ist das Herz, Dr. Minks, ja, das Geld, es wird mit ungeheurer Leichtigkeit von Maschinen, so groß, daß sie unsichtbar sind, in den oberen Himmeln um den Globus gepumpt, ich weiß es, habe gesehen, im Himmel kreist das Geld, war spazieren im Park, diese ständige, einschläfernde und gleichmäßige Bewegung, das ist das Herz, es pumpt, doch, aber krank, Tag und Nacht, das Geld ist ganz ahnungslos auf seinem Weg durch die glitzernden Höhen, auch von Ludwig, von Ludwig weiß es nichts, betonte ich, als hoffte ich, er würde nach Ludwig fragen, doch er schwieg, Dr. Minks, das Geld kommt ahnungslos zu den Pumpstationen, die rund um den Erdball verteilt sind, weiß nicht, daß die Techniker der großen Maschinen in seinem Kreislauf Tag und Nacht arbeiten, es ist so schön, Dr. Minks, daß das Geld nichts davon weiß, sich herabläßt und niederkommt auf seinem Weg in New York, Sidney, Tokio, Hongkong, in London, Zürich, Paris, Frankfurt, habe es gesehen, bevor es wieder aufstieg nach New York und dort, wenn es hell wird, auf die trifft, die gerade aufgewacht sind und ihre Arbeit am Geld beginnen, immer dieselbe denkt es, weiß ja nichts von Tag und Nacht, Dr. Minks, nichts von den Arbeitern in den riesigen Pumpen, siehe, schön ist seine Bewegung, seine Ahnungslosigkeit, die herrliche Glätte des Geldes, das die Zeit nur als Spiel kennt, das an allen Orten gespielt wird, das vom Tod nichts weiß, denn die Bildschirme strahlen ewig, Bilder, schärfer als gestochen, die Arbeiter bewahren nichts als einen sauren Geschmack im Mund, da ist die Münze wieder, Dr. Minks, die wir achtlos wenden wie ein Bonbon im Mund, Ludwig, die Wörter, Dr. Minks, die Glätte der Gesichter zerfällt, Tränensäcke, Münder ohne Lippen, wässrige Augen, und nur das Geld, nicht wir, hat den ganzen Tag, was bleibt, sind die Pumpstationen, Ludwig sagt, das sei kein menschliches Maß, Dr. Minks, Ludwig hat da unrecht, Wegweiser zum stummen Geld sind die gläsernen Türme der Banken, schwindeln sich sehnsüchtig nach oben, in den Himmel, in dem unsichtbar immer, auch jetzt, wo es Herbst wird, Dr. Minks, das Geld über den Köpfen der Städte kreist, über den Wörtern, über dem Reden der Städte und über dem Schlaf der Städte, noch über den Kondensstreifen der Flugzeuge und noch über dem nächtlich nervösen Blinzeln der Satelliten kreist es mächtig, und darauf verweisen die farblosen Spiegeltürme, die sprachlos in den Himmel zeigen, in ihm, unsichtbar, das wortlose schöne, um die Erde gepumpte, gepreßte, bewegte, kreisende, schnelle, stählerne, wolkige Geld, Dr. Minks, aber, was meinen Sie, vielleicht zeigt es sich doch einmal, das Unsichtbare, erscheint dem sterbenden Banker in einem kurzen, unbeschreiblich schönen Flimmern des Bildschirmes, verstehen Sie, Dr. Minks, ich meine einen Reflex, das müßte es doch geben, einen Reflex der Ewigkeit in der Braunschen Röhre, das wäre schön, auch für Ludwig, verstehen Sie, gerade für ihn, es ist doch das Herz, und er versteht das nicht, ich weiß nicht, wie ich ihm helfen soll, was die beiden wollen, und das ist es doch, was ich Ihnen eigentlich erzählen wollte, Dr. Minks, die beiden, aus dem Buch, nein, ich denke mir das nicht aus, ja, ein Scherz, mir geht es gut, Ludwig und Lene zahlen gerade und gehen weg, ich muß jetzt aufhören, wir sehen uns Dienstag, nein, ich bin nicht allein, ein Freund hat mich besucht, ja, Ludwig geht es gut, doch, bis Dienstag, dann erkläre ich Ihnen alles,

21.
Fluchtversuch. Ende.

sagte ich schnell und hängte den Hörer ein, hatte nicht gesehen, woher sie gekommen war, wollte nicht, daß Dr. Minks hörte, wie sie immer heftiger an das Glas der Telephonzelle klopfte, als ich mich wegdrehte, umkreiste sie mich, stand da und winkte mir zu, in Ludwigs Trenchcoat, eine Pudelmütze ins Gesicht gezogen, kaum sah man im Dunkel ihr Gesicht, die Wunden wirkten, im schütteren Licht der Neonröhre, wie Verbrennungen. Wir haben dich vermißt, uns Sorgen gemacht, komm jetzt, du kannst doch zu Hause telephonieren, sagte sie und hängte ihren Arm in meinen, als ich aus der beleuchteten Zelle zu ihr ins Dunkel kam. Während wir gingen, begann ich wieder, unaufgefordert, entschuldigend, wofür, zu reden, Ludwig, es ist Abend, sagte ich, Ludwig denkt schon zurück an den Tag, daran, wie Lenes Stimme über die Hitze zirpte, wie sein Hemd unter den Achseln klebte, der Schweiß ihm den Rücken hinunterlief, die Kerbe zwischen den Schulterblättern entlang, il conto per favore, jetzt ist ihm kalt. Was hat Ludwig eigentlich für einen Beruf, fragte sie und überraschte mich damit, das weiß sie nicht, dachte ich und zögerte einen Moment mit der Antwort, da kommt Ludwig mir zuvor, fällt mir ins Schweigen, erzählt Lene, er habe gestern im Café an der Ecke ferngesehen, wie die Kamera durch die Menge der Passanten hindurchgeeilt sei, einem Notarztwagen nach, einer Hand, die die Aufgeregten geteilt, Platz geschaffen habe für das Objektiv, das dann sich und seinen Blick und den aller im Café Anwesenden hinabgesenkt habe ins Zentrum der Aufmerksamkeit, dahin, wo einer auf dem Boden gelegen habe, blutig, dahin habe die Kamera sich gesenkt, hinab auf die Ebene der Beine und Füße der Passanten, während eine Stimme das Geschehen kommentiert habe, was er, Ludwig, obwohl er den Kommentar natürlich nicht habe verstehen können, begriffen habe, so bekannt sei das alles, diese Stimme, die lauter geworden sei, schriller, als priese sie etwas an, wohlfeile Früchte, Wahrheit zu Markte, daß es ihn geekelt habe. Er spricht eigentlich nur, um zu reden, während sie nebeneinander gehen, sieht auf den Boden dabei. Ist er Journalist, fragte sie, und ich nickte, wußte nicht, warum es mir schien, als gäbe ich etwas preis, spürte nur, daß sie meinem Bruder immer näher kam, je mehr sie von ihm wußte, und ich konnte nichts dagegen tun. Sie sehen sich schon an, sie rückt ihm auf die Pelle, und er bemerkt es nicht, dachte ich. Du bist Journalist, will jetzt auch Lene wissen, und er bejaht zerstreut, ist in Gedanken längst bei etwas, das ihn Lene beinahe vergessen läßt, obwohl sie doch neben ihm geht, nicht immer habe ich so gedacht, weiß er, der Schmerz macht nachgiebig, dächte ich anders, könnte der Schmerz nicht herein, so aber öffne ich ihm Tor und Tür. Langweilig, obszön, dieser Fünfminutenfick mit der Wahrheit, kalt abspritzen immer ins Schwarze, murmelt er, würde gern Lene umarmen jetzt, sieht sie an von der Seite, im Licht eines Schaufensters die feinen Haare auf ihrem Hals, denkt an die Nacht, leer, denkt er, wenn der Schlaf wegbleibt, wenn in den offenen Augen die kommende Zeit aufgerissen wird, leer wie ein Kameraauge, wie dumm die Wahrheit ist, die sich wiederholt, denkt er, um die ich nicht herumkomme, und es doch muß, ganz um sie herum, und er verschluckt sich, muß husten, fürchtet plötzlich, daß es schon anfängt, der schwere Körper beginnt zu schwappen, als läge die Haut auf morastigem Grund. Verlieren immer mehr. Zerbrochene Gläser, an denen Schaum abläuft. Leiserwerden. Es riecht nach Citrusduft und kaltem Zigarettenrauch. Ist das der Anfang, fragt Lene, und zieht ihn an sich, hält ihn an den Armen, der Anfang, als er sich hustend schüttelt und sein weißes Hemd über den Bauchnabel rutscht, der vor Lachen zittert, ein tiefes, dunkles Oval, um das sich blonde Haare kräuseln. Warum erst jetzt, denkt er, warum beginnt sie erst jetzt mir zu helfen, da doch ihr Gesicht schon anfängt undeutlich zu werden, überlagert wird und das andere aufscheint, sich abzuzeichnen beginnt hinter Lene, keine Kraft mehr zur manuellen Scharfeinstellung, und der Autofokus funktioniert nicht mehr. Ludwig hat nicht bemerkt, daß sie längst an der Piazza Miradore angekommen sind, als er verwundert wieder aufsieht vom Boden und die Hände aus der Tasche nimmt, sagt sie, ja, sie komme noch mit hinauf, auf einen Sprung, einen Wein, steht dann am Waschbecken und sieht aus dem Fenster eine ganze Weile über ihn hinweg, beide sagen lange nichts, Ludwig schläft beinahe ein im Sessel, widerwillig, das ist nicht meine Müdigkeit, die schweren Beine, der Kopf, selbst die Augen, denkt er, als Lene sich auf das Bett setzt, hat den Mantel wieder angezogen und sieht sich um nach ihren Zigaretten. Ich gehe jetzt, sagt sie leise, als unten, auf der Straße, jemand anfängt zu rufen, Ludwig sich vorbeugt und Lene nach den Zigaretten auf dem Boden greift. Einmal wirft man sich willig allen Hunden zum Fraß vor, hat keine Sprache mehr für das, was gestern war und davor, nichts da, um festzumachen, um zu verhindern, daß man drehend um sich selbst wegtreibt in der Nacht, an die er verraten ist und verkauft hat alle Vorsätze. Lene steht auf, wirbelt ihr Schweigen noch einmal auf wie Staub und beugt sich hinab zu seinem Sessel, vielleicht ein Kuß, denkt er, zögert und weicht ihr, wie erwachend aus seiner Starre, aus. Seine Hände bleiben ruhig im Licht der Straßenlaterne, das in steiler Schräge durch das Fenster auf die Decke zielt, liegen, während ihre Schritte auf der Treppe leiser werden. Die Müdigkeit läßt nicht mehr zu, ihr nachzulauschen bis zur Stille, macht einen federleicht, daß die Gedanken weiterhuschen, wie über dünne Buchseiten, denkt er, kehrt zurück zum Schmerz im Kopf, verläßt Lene mit geringem Bedauern, geht doch nicht mehr anders, zwischen den Seiten der Bücher knirscht langsam rostiger Sand, Stimmen ticken von irgendwo umeinander wie Uhren auf einem Regal, er versteht sie nicht, hört nur die Zeit, wispernde Geschichten in fremden Worten, und der Mond draußen stöhnt unter einer Wolke, als er hinsieht, zerfällt er wie schmelzender Zucker. Dahinter ist wieder jenes andere Gesicht, das unter Lenes Augen zuerst erschien, als schliche es sich heimlich ein, das jetzt dableibt, immer deutlicher wird, ist kein Mann im Mond, berichtete ich pflichtbewußt und sah meine Begleiterin an, in ihr Lächeln hinein, als wäre ich Ludwig.

22.
Dialog.

Auch wir waren jetzt schon beinahe zu Hause und gingen langsamer. Ach, sagte sie und sah mich an, wischte weg, was war, alles, den Worten den Sinn, nichts bleibt, schien sie siegessicher sagen zu wollen, als sie, ach, sagte, ach, fragend, wissend, häßlich, und meinte es nicht einmal persönlich, aber gelassen und triumphierend in jenem Wort, ach, nichts bleibt. Auch alle Vergangenheit schien sie davonzutragen, alles mit, nichts mehr, es entwertete sich alles völlig, als sie, ach, sagte, und müde, zufrieden, zuschaute, wie die Vergangenheit verging. Schon wollte ich zurückstecken, die Waffen strecken, schweigend mich geschlagen geben, unterwerfen mich und Ludwig, um den es mir ja immer noch zu tun war, ihrem ach, das ihr entrutschte wie ein wohliger Seufzer, als mir noch schnell einfiel, ich weiß nicht, woher, daß ich ja verrückt sei und mir deshalb ihr ach gestohlen bleiben könne. Ihre in Gedankenlosigkeit halb geschlossenen Augen öffneten sich plötzlich unter dem Lichtkegel einer Straßenlaterne und schauten mich an. Aber was soll denn das Werk eines Verrückten. Als spräche ein anderer aus mir, antwortete ich wie aus der Pistole geschossen, ihre Frage habe keinen Sinn, denn das Werk sei per definitionem nicht Wahnsinn. Sie sah mich an, als sähe sie mich zum erstenmal. Wer kann schon, wenn er etwas gesunden Menschenverstand hat, dem vertrauen, was du, wenn du selbst zugibst, verrückt zu sein, sagst oder schreibst. Welches Werk, fragte ich zurück, verlangt, daß man ihm Vertrauen entgegenbringt, da es doch ein Werk ist. Sie blieb stehen und ich sah, wie ihre Irritation zunahm, auch fiel sie mir nicht ins Wort, als ich noch hinzufügte, es sei schon eine seltsame, recht barbarische, häufige Wortmischung, die Werk und Wahnsinn in Verbindung miteinander bringe. Ein Werk kann seinen Ort nicht im Wahnsinn haben, stellte ich fest, es kann höchstens sein, daß die Sprache, aus deren Tiefe es herkommt, sich dem Raum des Wahnsinns öffnet. Ungläubig fragte sie zurück, ob demnach also ein Werk, sie zögerte bei dem ungewohnten Wort, zu dem ich sie verleitet hatte, wahnsinnend sein könne, Hauptsache es sei nicht wahnsinnig. Nur die Sprache kann wahnsinnend sein, erläuterte ich und brachte sie damit zum Verstummen, die Sprache, die dem Werk seinen Raum vorschreibt, und seine Existenz eben als sprachliches Werk. Man muß unterscheiden zwischen der Sprache des Werkes, die das ist, worauf sie sich zubewegt, was sie sagt, und dem, von dem her sie spricht. An eine solche Sprache kann man die

Kategorien des Normalen und des Pathologischen, des Wahnsinns, kurz, des Sterblichen, nicht anlegen, denn sie ist primär Überschreitung, reine Übertretung. Aber du bist wahnsinnig, zischte sie mich atemlos an, ihre aufgeschnittene Lippe pulsierte vor Wut, und deine Sprache folglich auch. Du hast vom Werk gesprochen, gab ich bescheiden zu bedenken. Aber, sie zögerte und suchte nach Worten, aber in dem ganz bestimmten Augenblick, da du, Feder in der Hand, oder redend. Sie vollendete ihren Satz nicht, ich wartete eine kleine Weile und sagte dann leise, doch konnte ich den Triumph in meiner Stimme nicht verbergen, das sei eine Frage der Psychologen und ändere mithin nichts am Werk und, wenn sie so wolle, seiner Unsterblichkeit. Sie schwieg. Das war es also, dachte ich und ging langsam auf das Haus zu, was ich ihr voraus hatte, das hatte sie übersehen, dagegen konnte sie nicht an, die Rücksichtslose, und plötzlich begehrte ich sie, ihre Brüste, die Wärme zwischen ihren Beinen und den Haaren der Achseln, den Mund. Sie sah mich an und versuchte ein versöhnliches Lächeln, aus dem jedoch die neue Wunde leuchtete, der Mund, der sich jetzt, als wäre er das Schaustück eines Rummelplatzes, eine große rote Maschine, vor meinen Augen in die Waagerechte schob, als böte sie sich mir dar, daß ihm die Worte tief in den Hals rutschten und Wärme aufstieg, Schlaf auch. Vergessen.

23.
totslaf.

Nur im Wohnzimmer war Licht, die Wohnung sonst dunkel, sah ich, als wir durch den Garten zum Haus kamen und ich wie ein eingefangener Sträfling wartete, daß sie die Tür aufschloß. Der Geruch hatte sich noch verstärkt, und ich sah sie nicht an, glaubte ich doch zu wissen, daß er von ihr herkam, Formalin, ging an ihr vorbei durch den dunklen Flur ins Wohnzimmer. An einem der Bücherschränke stand mein männlicher Gast, zog gerade ein Buch hervor und sah ein wenig verwundert herüber, so, als hätte er nicht mehr mit mir gerechnet oder mich vergessen, begrüßte mich dann jedoch freundlich und begann zu lesen. Auf dem Schreibtisch lagen, aufgeschlagen und gestapelt, Bücher, auch auf dem Sofa und den Sessellehnen, Zettel zwischen Seiten gesteckt, Schreibmaschinenpapier, Notizen, ich wußte nicht, wohin, blieb in der Tür stehen, bis sie nach mir rief. Er schaute kurz auf, als ich hinausging, verwirrt oder bedauernd, als wollte er etwas sagen, lächelte mir augenzwinkernd zu und tippte mit dem Zeigefinger immer wieder auf das schmale Taschenbuch, das er in der Hand hielt, dessen Titel ich jedoch, da sich der plastikbeschichtete Einband im Licht der Schreibtischlampe spiegelte, von der Tür aus nicht lesen konnte. Sie lag im Mantel auf meinem Bett im dunklen Schlafzimmer, in das nur das Flurlicht einen Streifen Helligkeit legte, als ich die Tür öffnete. Sie ist zu alt, dachte ich wieder, in ihrem gefurchten Mädchengesicht war keine Jugendlichkeit, klaffend scharf umrissen die kindlich aufgeworfenen Lippen, Sommersprossen, die gierigen Augen, Larvenalter, maskenhaft glatt, da hielt sich nichts, da verbarg sich etwas hinter der scheinbar harmlosen Brutalität der fünfzehn Jahre, und ich sagte, noch in der Tür, du bist zu alt. Hundert Jahre zu alt. Sie schien nicht zu verstehen, oder doch, ihre Augen, als hätte ich sie abgewiesen, wurden kalt, begannen zu frieren, ihr Mund blieb ohne Worte, ihre Haut, die weich dem Licht entlanggeflossen war, begann sich schattig zusammenzukrallen, so scharfkantig, daß ich Angst bekam, ich könnte zu weit gegangen sein, ihrem Blick auswich, als gälte es, mich nicht an ihm zu verletzen, Himmel draußen, der Vorhang war nicht zugezogen, ich versuchte, den Gedanken an sie wegzuschieben, an Ludwig zu denken, seine Geschichte, nur ein Wort, kam es mir in den Kopf, müßte sich finden lassen, etwa, daß im Park Efeu sich um die Bäume legt, oder daß der Weg jetzt in der Nacht wie ein helles Band aussehen mochte, wünschte mir, ihr vom Park zu reden, wußte, daß ich ihr wehtat mit diesem Spiel, sie lag da, Schatten zuckten ihr um Hals und Mund, die Hand hielt nicht still, wenn nur die Hand stillhielte, kam es mir in den Kopf, und trotzig verschränkte ich die Arme über der Brust. Die Schatten tropften ab von ihr, die Geschichte auch, an die ich zu denken mich bemühte, hatte von allen Seiten ihr Ende, wie schnell das gehen konnte, es war kalt im Raum. Ich will nicht mit dir schlafen, sagte ich. Ja, sagte sie, stand auf, schloß das Fenster, zog den Vorhang zu, warf Ludwigs Trenchcoat auf einen Stuhl und kroch unter die Decke, die sie sich, auf dem Rücken liegend, bis an die Schlüsselbeine zog. Ich stand noch immer im Türrahmen, schloß, ohne darüber nachzudenken, die Tür hinter mir, und bemerkte das erst, als es plötzlich still, völlig dunkel war im Raum, die Luft ruhig stand und ohne einen Ton. Auch an den anderen, im Wohnzimmer, zu denken, ihm nachzulauschen, half nichts, ich überlegte, was wohl ist zwischen ihnen, weiß nicht, wieviel Zeit verging, bis ich mich zu ihr aufs Bett legte und unter die Decke rutschte. Ihr Gesicht kam an meinen Hals, ihr Bein schob sich zwischen meine Beine selbstverständlich wie im Schlaf. Schlief sie schon. Ich strich ihr langsam mit der rechten Hand hinab über den Rücken bis zu den kleinen Kuhlen links und rechts vom Steißbein und hinauf bis in den Nacken immer wieder, ohne daß sie sich regte, sie lag wie tot, ihr Rücken ganz in meiner Hand, ich sah über sie hinweg ins Dunkel, hörte ihren Atem nicht, wo war er, nichts, kein Geräusch, nur mein Herz, in dessen Takt ich sie streichelte, schläfrig, langsam, und meine Gedanken strichen weg, als lauschte ich in der Berührung einem still gewisperten Gespräch, doch kein Ton von ihr war zu hören, still wie ein leerer Wald, wie über der Baumgrenze, sind nur Wörter, entgegnete ich meinem Herzschlag, es sind Wörter, immer wieder, als wiederholte ich einen Zauber, der mich vor ihrer Kälte schützen sollte, sind nur Wörter, Wörter wie ein einziger schneller Blick, der sich konserviert und einpuppt am Tag für die Nacht, um dann zu entschlüpfen als fremder Traum, ein Wort ihre Schulter, ihre Wunden am Hals wortreiches Schweigen, die Hand ein Geflüster und doch erfunden, denn sie schlief ja, schwieg ja, Erfindung ihre Hand, ich wagte nicht mich zu rühren, nur ein Vers ihre Brüste, dachte ich, unbedacht, flüsterte, schläfst du, und sie antwortete nicht, ich spürte ihren Atem nicht, nicht, daß ihre Wimpern an meiner Schulter zitterten, ihre Beine schlug sie nicht über meine, wendete sich nicht ab von mir. Nur die Wörter, um die sich, zu denen sich, eine Geschichte selbst zu entspinnen schien, erfunden nahe beim Schlaf, seltsamer Schlaf, rührten mich an, fast Traum, als wäre ich allein, ein Wort ihr Mund, groß und fällt beinahe herab auf mich, ein paar Wörter, und die Geschichte findet sich von allein mir in die Hände hinein, als träumte ich schon, und die Träume retteten sich von meinen Lippen hinab in die Kuhle ihrer Achsel. Ihre Brust, körnig vor Kälte, wie fester, nasser Sand ihre Brustspitze, strich, kaum bewegte ich mich, in meine geöffnete Hand, daß es mir vom Schmerz feiner Nadeln im ganzen Körper zitterte. Spürte ihre Schulter und ihre Hüfte, die krausen Haare hart und rauh flossen weit in die Senke des Bauches hinein, der Schamhügel wölbte sich immer höher, als ich die Augen über ihm öffnete, benommen von Wörtern in meinem Kopf, die gekommen schienen, mich unter fremde Hände zu legen. Sie schläft und wacht nicht auf, dachte ich, zog meinen Arm vorsichtig unter ihrem Kopf hervor und stand auf, es war kalt und die Luft träge mit dem säuerlichen Geruch gesättigt, der von ihr ausging, an den ich mich nicht gewöhnte und der mich einzuschläfern schien, öffnete den Vorhang ein Stück, graues Licht wie faulende Milch auf dem Gras. Was der andere wohl machte, ob er noch immer im Wohnzimmer saß über den Büchern, ich hörte nichts, als wäre der Raum mit Wasser gefüllt, undurchlässig, alle Schotten dicht und doch, gerade deshalb fürchtete ich beobachtet zu werden, hatte ein schlechtes Gewissen, als betröge ich den anderen, der mir vielleicht wohlgesonnen war und im Wohnzimmer über mich wachte, oder gar Ludwig, dem ich doch helfen wollte. Sie lag, liegengelassen mit gespreizten Schenkeln und offenen Augen, als atmete ihr klaffendes Geschlecht, ich fror, während ich mich auszog, sie ansah, das milchige Licht wie Salbe auf meiner Haut verrieb, mich zu wappnen gegen den kalten Schlaf, der von ihr ausging, mich starr werden ließ, müde, daß sich ihre Konturen im Dämmer verloren. Sie wacht nicht auf, murmelte ich, legte mich wieder neben sie, rieb mich, vorsichtig, an ihr. Kalt. Sie wird nicht aufwachen, sie schläft, weiß nichts von sich im Schlaf, hat sich vergessen, vergessen das Wort für sich, dachte ich immer wieder, während ich sie umdrehte, meine Hand leise die Falte ihrer Pobacken öffnete und mit langsam kreisenden Bewegungen immer tiefer den Takt meines, des einzigen Atems im Raum, fortsetzte, als wollte ich sie berauben und tasten nach Worten, Bild an Bild zu reihen, aber wohin denn, kam dem Wirklichen nicht näher, sie schläft und wacht nicht auf, jede Berührung fast ein Erschrecken vor der Kälte ihrer Haut, spürte ich ihr nach mit meiner Hand und meiner Zunge, atmete den Schlafgeruch ihres Geschlechtes, ihr Schlaf roch nach Alter, da rollte sie sich plötzlich herum wie ein zuckender Fisch, so überraschend, daß ich einen Moment erstarrte und in der Dunkelheit überlegte, ob meine Augen geschlossen waren, als schon ihr Gesicht an meines stieß, ihre Arme sich taumelnd um meinen Hals, ihre Lippen über meinen Mund legten, ich spürte, wie sich ihre Brust hob und senkte, endlich ihren Atem, und ihre kalte Zunge, schaukelnd vom Schlaf, mir etwas zu erzählen begann, das ich nicht verstand, in den Mund hinein, ihre Hand meinen Rücken hinabtastete, zögerlich, wie aus einer Fremde kommend, wer bin ich denn und wer, wenn ich in ihrem Traum bin, kam es mir in den Sinn, wen träumt sie, Ludwig vielleicht. Traumschwer legten sich ihre Beine um meine Oberschenkel, ihre Fingernägel rissen die Haut meines Rückens auf, abwärts, ihre Hände um meinen Arsch, zog sie mich flüsternd in sich hinein, du schläfst und wachst nicht auf, in jenen seltsamen, wie bleiernen Schlaf, der schon die ganze Zeit in mir aufgestiegen war wie ein kleiner Tod.

24.

Drüben, im Haus über die Straße, wurde der blaue Vorhang vor dem Fenster zur Seite geschoben.

Am Morgen, Sonntag denkt er und fällt traumlos aus dem Schlaf, sieht er vom Bett aus, wie das Stück Himmel im Fenster in Splitter zerfällt, die in der Helligkeit vergilben. Das Bett riecht in der dunklen Ritze zwischen Matratze und Wand nach etwas, das er nicht kennt, träumt, sie sei es, wälzt sich herum, zum Fenster wieder und tastet über die Haut seines Gesichtes, eine Hälfte nun kalt von der Wand an Braue, Wangenknochen und Kinn, fühlt die Kerbe neben dem Mund, die weichen Hautfalten über den Lidern und die Falten unter dem Kinn, faßt sich ins kurze, stoppelige Haar und tastet über die Stirn dort, wo sich die haarlose Haut immer weiter über den Schädel schiebt. Wenn Lene jetzt die Treppe heraufkäme, das leise, helle Klappern tief unten, ihre Schritte, Stufe für Stufe langsam und gleichmäßig ginge sie ohne aufzusehen, denkt er, wie gestern auf dem Weg vom Hafen, ihr Gesicht verschlossen und konzentriert, als er sie von der Seite betrachtet und plötzlich einen schmalen Ausweg in ihrer Sicherheit entdeckt hat, hütet ihn, bewahrt ihn sorgsam, sein Wissen darüber, daß sie beim Gehen leicht, ganz sanft nur, mit dem ganzen Körper wippt. Vertraut ihr seit dem Augenblick, in dem er dieses Hüpfen bemerkt hat, jenen kleinen, liebenswerten Riß durch ihre Erscheinung, du phantasierst, denkt er, wie der Geruch im Bett, Sehnsucht, weiß er, nach ihrem Mund, begehrt in ihren Lippen die Fortsetzung dieses Risses durch ihre Gestalt, der sich in ihrem Gang andeutet, rollt sich zusammen auf dem Bett und legt seinen Kopf in den Arm. Im Fenster mit dem blauen Vorhang fällt die Sonne grell auf einen Tisch mit weißem Tischtuch. Eine Frau, deren Gesicht vernarbt ist, blinzelt aufmerksam mit einem verletzten Auge herüber und in die Sonne, bevor sie den Vorhang lächelnd zuzieht. Ludwig streicht über das kühle Laken, Lene würde an diesem Morgen nicht kommen, warum auch, am Abend haben sie vergessen, zumindest er hat nicht daran gedacht, warum nur, zu sagen, er wolle sie wiedersehen, was tun mit diesem Tag, der so wach beginnt wie lange nicht mehr, ohne die Schwere in den Beinen und den leichten Kopfschmerz beim Aufwachen schon, den nur viel Kaffee und Zigaretten zerstoßen, nichts davon, nicht einmal husten muß er bei der ersten Zigarette, es regnet auch nicht, ärgerlich, daß an einem solchen Tag nichts zu tun ist, er geht ans Fenster und vergewissert sich, daß die blaue Gardine zugezogen ist, nichts geschieht, er hat vergessen, wie der Raum dahinter aussieht. Wenn sie da wäre, wüßte er auch nichts zu sagen, weiß er, während er wieder versucht, an sie zu denken, und ihm, was ihn verwundert, nur wortloses Reden einfällt, Gedanken an sie, die ihm den Mund umklammern, wie sie sich bewegt, er selbst sich, alle möglichen Gesten kommen ihm in den Sinn, vergessen die Worte der letzten beiden Tage. Er erinnert sich nur mehr, wie sie Teller und Tassen auf dem Tisch zusammenlegte, das Stapeln des Geschirrs im Café am Hafen, als ob das Reden in den Nischen der Gesten stattgefunden hätte, den Gesten gliche, Wörter, wie wenn man einen Teller anreicht, Sätze, die man gebraucht wie Messer und Gabel. Er dreht nachdenklich die matt leuchtende Kaffeetasse zwischen Zeigefinger und Daumen auf der metallenen Theke. Kaum Gäste im Eckcafé, nur alte Männer auf ihren Stühlen die Wand entlang, die roten Likör trinken und ihn beobachten, wie er sich Gebäck aus der Plexiglasvitrine auf der Theke nimmt, Zigaretten kauft. Zwei Frauen kommen herein und füllen an einem Tischchen zwischen Toilettentür und Telephonkabine Lotteriescheine aus. In dem Aluminiumbehälter mit dem in der Mitte aufzuklappenden Deckel befindet sich Zucker. Nichts sonst. Wenn ich das beschriebe, denkt er, erhielte sich nichts, leichtverderblich nicht schütteln nicht werfen keiner direkten Sonnenbestrahlung oder Erwärmung über 40 Grad Celsius aussetzen, das verschwindet alles, und Lene mit, nicht in offenes Feuer sprühen, wie sie, wenn man so will, nebenbei redete, abwesend, das Gespräch ein Essen, in das wir beide schweigend vertieft waren, nichts als alltägliche Gesten. Aber wenn es trotzdem ernst gemeint wäre, überlegt er, sehnt sich nach ihrer Nähe, jetzt, wo sie nicht da ist, bezahlt und beschließt, nach einem offenen Laden zu suchen, heute in seinem Zimmer zu essen, wo fände sie mich sonst, aber darauf, daß sie kommt, kann man nicht bauen, fällt er sich selbst in den Entschluß, als er schon auf der Straße steht. Wenn schon ihre Gespräche, wie es ihm scheint, nebeneinander, sprachlos waren, und ich sie nicht, denkt er, was gibt es denn sonst, an mich zog, hier am Hafen gestern, oder gleich vorgestern auf dem Markt, oder zumindest gestern Abend, bevor sie ging, ihren Mund alleinließ ohne Grund mit ihrem Kuß, was soll es dann, daß sich jetzt, während er allein durch die Straßen geht, ihre Gesten und Bewegungen mit eigenen zusammenspinnen, Festigkeit bewahren, schon überlegt er, wie denn zu fragen, was zu tun sein könne, welche Nähe wohl der Zeit entspreche, die sie miteinander verbringen, daß es ihm nicht mehr möglich ist, es endlich genug sein zu lassen. Doch im gleichen Maß, in dem er glaubt, sie für sich so ganz erfassen zu können, wächst das Mißtrauen wieder, und unzufrieden wischt er die Tage weg, ahnt jedoch, daß er in diesem Spiel, das leise einsetzt zwischen ihnen beiden, verlieren und hinter sich lassen wird alles. Als stünde sein Rücken offen und schutzlos vor den unübersehbaren Dingen hinter ihm, vom Gestern her, von seiner Ankunft her, aber immer wieder muß er denken, als wäre es eine Rechtfertigung, noch mal, noch einmal, entschuldigend, wie man sich etwas erbittet, ein letztes Mal, und ist sich schmerzlich bewußt, daß er schon immer zu langsam und zu wenig geschickt gewesen ist, um seinen Rücken durch eine plötzliche Drehung zu schützen.

25.
Schon Sonntag.

Noch nicht, noch nicht, dachte ich, und wirklich blieb es noch dunkel, aber nicht lange, halber Schlaf, aus dem Ludwig mich zu wecken schien, an die Wand klopft vom Bett aus, bist du schon wach. Ich stellte mich schlafend im Schlaf und hörte nicht hin, längst war es hell und Ludwig seit Stunden schon wach, es tut mir leid, murmelte ich ins Kissen, aber er kommt so bald nicht wieder, und außerdem geht es ihm nicht sehr gut, ich bitte Sie jetzt zu gehen, er wird Ihnen Bescheid geben, nennen Sie mir nur Adresse und Telephonnummer, unter der Sie zu erreichen sind, ansonsten wünsche ich Ihnen eine gute Reise, bis dann, es tut mir leid, aber Sie müssen jetzt gehen, ich muß mich schonen, auch ich, ja, befinde mich in ärztlicher Behandlung, man hat mir Ruhe verordnet, die durch Ihre Anwesenheit gestört wird, Sie können sich, ich weiß, Ludwig hätte nichts dagegen, Mäntel und Schuhe nehmen, was Ihnen so paßt, vielleicht, daß es, wohin Sie gehen, kalt ist, gerade Sie, junge Frau, aber gehen Sie bitte, gehen Sie, redete ich mich wach, dachte in das Zimmer hinein, warum nur hat Ludwig alles so gelassen, das Ehebett und den weißen Schrank von Wand zu Wand verspiegelt, nur das niedrige Regal neben der Tür war früher nicht da, paßt auch nicht zu Schrank und Bett, mit Büchern und Zeitschriften, nur eine Decke im Doppelbett und ein Kissen, halbe halbe, kein Bild geblieben, früher hingen hier doch welche, das Kissen grau im Schatten, immer wieder kippte mir die Farbe weg und mein Kopf hinterher, als läge ich in etwas Weichem, nicht so kühl wie das Kissen, morastig, es ist Morgen, sagte ich laut, immer wieder, öffnete und schloß die Augen, und ein seltsamer Hall, ein Echo, lag meiner Stimme und dem, was ich sah, wie eine zweite Schicht auf, gezeichnet den Dingen nach, machte so entsetzlichen Krach beim Sehen, daß ich befürchtete, sie, von der ich dachte, sie läge noch neben mir, zu wecken. Ich lauschte meinem Spiegelbild, den Bewegungen des Mundes, dem langsamen Drehen des Kopfes und der Augen, meinen Blicken, selbst mein Atem wurde laut zurückgeworfen von den Dingen, bewegte mich vorsichtig, leise, daß sie nicht erwachte, um diese Folie, die um mich lag, zu erproben, und das Echo meiner Hand faßte in jeder Bewegung ein zweites Mal nach, in allem dem entsprechend, was ich tat, und doch Distanz um mich legend, wie ein anschmiegsamer Raum, in dem die Stille sich laut fing. Von weit glaubte ich ihre Stimme zu hören, leises Gemurmel, das klang, als feuerte sie mich an, oder lachte mich aus. Die Angst, aus fernen Poren austretend, bildete Tropfen ganz langsam, tief und dumpf. Das, was über mich geworfen war, ließ sich nicht abstreifen, stülpte sich immer neu um mich, während ich wartete, und auch das Warten hatte einen Klang. Wie Schaben an Metall. Ich begann meine Augen mit den Fingerknöcheln zu reiben, ohne Rücksicht auf den Krach, den das machte, versuchte immer heftiger, den Bast abzustoßen, der meinen Blick verklebte, und traf doch nur mich selbst. Daß ich von diesem Reiben dann schließlich erwachte, machte mich zuerst mißtrauisch, was, wenn ich übersehen hatte, daß ich im Traum eingeschlafen, das Reiben der Augen im Schlaf nur wieder Reiben der Augen im Schlaf eines Traumes war. Aber die Schwere, die mich in den Schlaf zurückgezogen hatte, wie Anästhetika den Operierten in die Betäubung zurück, irgendwohin noch unter den Schlaf, war verschwunden, ich konnte den Kopf heben, ohne daß das etwas nach sich zog, und das Bett neben mir war leer, sie verschwunden. Es klopfte an die Tür, und mein Gast fragte, ob ich wach sei, klopfte ungeduldig, wie zum wiederholten Mal, es ist schon Sonntag, ich antwortete, ich komme sofort, und als ich aus dem Schlafzimmer in den Flur trat, rief er mir vom Arbeitszimmer durch die offene Tür zu, in deren Rahmen sein lächelndes Gesicht erschien, hier bin ich, und, ob ich nicht mit ihm frühstücken wolle. In der Wohnung war es still, in der Küche niemand, nur schmutziges Geschirr und eine halbe Kanne Kaffee, die auf der Warmhalteplatte der Kaffeemaschine dampfte, auch im Bad war sie nicht, schien wirklich, wodurch auch immer, gebannt. Als ich ins Wohnzimmer kam und ihm einen guten Morgen wünschte, lächelte er mir gutgelaunt vom Schreibtisch zu, auf dem, die Bücher und Notizzettel beiseite geschoben, seine Kaffeetasse, zwei Teller, Messer, eine unbenutzte Tasse und ein Brotkorb mit Nußhörnchen standen, Tiefkühltruhe, dachte ich. Setzen Sie sich doch zu mir, forderte er mich nochmals auf, erkundigte sich, ob ich gut geschlafen hätte, und rückte mir erst einen Stuhl und dann die Nußhörnchen zurecht. Es regnete. Ich habe eine schlechte Zeitung für Sie, sagte er, kaum, daß ich mich gesetzt hatte, sein Gesicht huschte mir entgegen, schnell, lächelnd, sie ist nicht mehr da, hat heute Morgen, ganz in der Frühe, abreisen müssen. Mit einem Unterton sagte er das, als wäre das eine für mich sehr betrübliche Nachricht, hatte sie doch, wie er wußte, die Nacht bei mir verbracht, und sicher nahm er an, seine Neuigkeit würde mir nicht gefallen, ein dringender Termin, fügte er hinzu, wobei ich bemerkte, daß in seiner Stimme ein winziger, zitternder Klang Freude war. Mit spöttischem Lächeln wartete er, wie ich reagieren würde, immer noch herübergebeugt zu mir, bis ich ihm erklärte, daß ich sehr froh sei, jetzt zumindest einen meiner beiden ungebetenen Gäste losgeworden zu sein, mir sei auch gleich, warum und wohin sie verschwunden sei. Das stimmte nicht, und mir schien, weil er das wußte, lächelte er, auch wenn er in einem scheinbar beleidigten Tonfall fortfuhr, er habe nur gedacht, daß die Anwesenheit unserer französischen Freundin, sein Blick wurde beinahe kokett, er beugte sich noch weiter vor und legte mir eine Hand leicht auf das Knie, mir ein wenig Freude gemacht habe. Es tut mir leid, fuhr er fort, daß wir Ihnen so große Unannehmlichkeiten bereitet haben, auch unser unangemeldetes Erscheinen ziemte sich selbstverständlich nicht, aber ich versichere Ihnen, daß auch ich bald verschwinden werde. Ein wichtiger Termin, wie gesagt. Bis dahin jedoch bitte ich Sie, mich noch zu beherbergen, ich wüßte, ehrlich gesagt, nicht wohin. Übrigens, um für die Unhöflichkeit unserer lieben Freundin, uns bei unserer Ankunft am Freitag nicht vorzustellen, Abbitte zu leisten, gestatten, Johannes Tichtel. Wieder dieser Ausdruck, unsere Freundin, der mich zu seinem oder vielmehr ihn zu meinem Komplizen machte, als hätte er zugelassen, daß sie bei mir schlief. Vielleicht hat er darunter gelitten, dachte ich und hörte ihm schweigend zu, ohne den Einwand, der mir auf der Zunge lag, auszusprechen. Doktor der Medizin, fuhr er fort, aus Wien gebürtig, kennen Sie Wien, allerdings praktiziere ich schon längere Zeit überall, wo ich gebraucht werde, erläuterte er gutgelaunt. Mich überraschte die plötzliche Gesprächigkeit dieses Mannes, der die letzten Tage, während der Anwesenheit jener Frau, die er unsere französische Freundin genannt hatte, so still und geradezu verschüchtert gewesen war. Es schien mir richtig, obwohl ich die Absurdität der ganzen Situation empfand und mir, seit er seine Ankunft erwähnt hatte, zum Lachen war, mich meinerseits vorzustellen. Ich hielt ihm sogar die Hand hin, die er so heftig schüttelte, daß ihm der weite Ärmel des Morgenmantels um den dünnen Arm schlackerte. Als ich sagte, daß ich nun aber auch endlich wissen wolle, wer die Frau sei, die er unsere Freundin nenne, ließ er meine Hand los und lehnte sich zurück. Ob ich sie denn nicht ein wenig symphatisch gefunden habe, fragte er, er kenne sie nunmehr so lange, daß ihm ganz unverständlich sei, wie ein anderer sie nicht mögen, daß er nicht einmal verstünde, wie man sie nicht kennen könne, und er deshalb zweifle, ob meine Frage wirklich ernst gemeint sei, ich wisse es doch längst, und, da fing er an zu lachen, wenn er sich dieses Bild erlauben dürfe, wieder beugte er sich vertraulich zu mir hin, es komme ihm vor, als säßen er und ich, wir beide, im selben Boot, und zwar jeder an einem anderen Ende, Bug und Heck sozusagen, der Anfang, das sei er, und das Ende ich, wenn ich verstünde, was er damit sagen wolle. Ich stand auf. Die Art, wie er sprach, wie er sich anbiederte, war mir ekelhaft, aber das, was er sagte, auf eine seltsame Weise, die mich beängstigte, verständlich. Ich will ihn nicht verstehen, dachte ich, und ahnte doch, daß er recht hatte und ich auf ihn angewiesen war. Keine Angst, sagte er beschwichtigend. Obwohl ich mich vor der Antwort fürchtete, fragte ich weiter, beharrte darauf, zu erfahren, in welchem Verhältnis er zu dieser Frau stehe. Er nickte, da er sah, daß ich verstanden hatte. Wir bilden, sozusagen eine AG, eine Gemeinschaftspraxis, antwortete er. Ich begann zu verstehen, worauf ich mich eingelassen hatte, und wenn ich an die letzte Nacht dachte, bekam ich eine Gänsehaut, als fröre ich noch beim Gedanken an ihre Kälte. Als wollte er mich beschwichtigen, fügte er hinzu und duzte mich plötzlich, dir droht keine Gefahr, dich drehe ich noch um. Aber sollten wir nicht solange, es ist schließlich schon Sonntag, mit Ludwig weitermachen. Ich nickte, biß in ein Hörnchen und trank einen großen Schluck Kaffee, der inzwischen beinahe kalt war.

26.
Weiter

über die Via Rambaldo, einer dunklen Gasse mit sanften Treppen, an der Pensionen liegen, die Elvira oder Miradore heißen, über die Via Giuseppe, in der Ludwig einen offenen Laden findet, vor dem Obst ausliegt und Gemüse, Wein kauft, eine Dose Nudeln in Soße, Brot, deutend und verneinend, mit Kopfschütteln und Nicken, dann zum Meer hinuntergeht, an der weißen neogotischen Kirche Ave Maris Stella vorbei, am Jachthafen, Via Scarincio, an der auch das Café liegt, in dem er gestern mit Lene saß. Es bewölkt sich, wird windig und kühl, am Hafen sind kaum Menschen, Ludwig geht an den Badekabinen vorüber zum leeren Strand, zur Mole, die weit ins Meer hineinreicht, setzt sich kurz auf eine der Steinbänke im Windschatten, nah am Wasser, bei Sturm überspült, geht weiter, den

Wind an den Beinen, schaut den Wellen zu, die sich an den Bruchsteinblöcken brechen, naß glänzend, hoch und scharfkantig in die Wellen geworfen, zwischen ihnen ist das Wasser bleich, als wäre es verschneit, der Himmel auch, Wolken wie aus raschelndem Papier, die Sonne unter Dunst über der mittäglichen Stille hier draußen im Meer, weit vor der Stadt, von der nichts an Geräuschen herüberdringt, bis plötzlich der Wind umschlägt und das Motorengeräusch eines Autos herbeiträgt, aus den ligurischen Bergen, der Sommer ist vorbei, denkt Ludwig, hört, wie der Fahrer in den Kurven schaltet und den Motor aufheulen läßt, schwerbeladen, stellt Ludwig sich vor, kriecht der Wagen die Hügel hinauf, weg aus dem Ort, als wollte er ihn vor dem Winter verlassen, die engen Serpentinen durch die Olivenwälder, die Terrassen, die sich, eine über die andere, türmen, gehalten von den grauen Trokkenmauern aus Schiefer über dem lehmigen Boden, auf dem der Regen abfließt ohne einzudringen, immer weiter hinab zum Meer, abperlt vom Boden wie von den wachsigen, kleinen Blättern der Olivenbäume, selbst grau wie der Schiefer, um das weiße Geröll im Flußbett des Imperio zu überschwemmen, den ganzen Herbst hindurch, dann ist der Wagen über die Steigung hinweg, der Motor holt befreit Atem und nimmt, unsichtbar dem Blick Ludwigs, auf einer kurzen Geraden Geschwindigkeit auf, verstummt hinter dem Berg, und es ist wieder still auf der Mole. Hinter Ludwig, im Hafen, liegen mehrere kleine Jachten und Sportboote, die Überbleibsel der Saison, ein alter Kutter und, halb vollgelaufen, zwei Kähne am Holzpier, in denen altes Tau und Flaschen schwimmen. Das Wasser im Hafen ist glatt und ölig. Hier aber, am Ende der

Mole, rollt leise das wirkliche Meer, als atmete der Morgen auf und ab, schaukelnd in unabsehbarem Becken, er steigt vorsichtig über die schwarzen feuchten Steine, die Wellenbrecher, hinab bis zur Wasserlinie, in der Hand die schwankenden Plastiktüten. Daß es so weiß sein kann, niemals hat Milch dieses kalte Weiß. Mitten im rollenden Meer eine Stange mit einem Schild, nicht weit draußen, aber doch weit übers Wasser hin, Stange und Schild auf ganzer Fläche, die weiße Farbe, die rote Schrift, überwuchert vom Rost zu unleserlichem Gemurmel, denkt Ludwig, so, wie man als Kind in den Schlaf gesprochen wurde und am Morgen erst aufschloß, was sich eingegraben hatte an Worten in die weiche, fügsame, nachgiebige Zeit vor dem Schlaf wie in lehmigen Schlamm. Vielleicht sollte ich heute zurückfahren, überlegt er, der sich nach Lene sehnt, das aber vergißt mit einem Blick, es übergeht wie ein taubes Gefühl, ihre Hand weiß ich, denkt er, wie sie ein Geländer faßt, oder, genauso zufrieden, im Griff einer anderen Hand liegt. Deshalb hierbleiben, bis zuletzt, hier bis zum Winter hinaussehen auf die Wellen und das Schild. Ein Koffer, Jacke und Hose sind weder Gründe zu bleiben noch erleichterten sie, es dem gleichzutun, der sein Auto die Hügel hinaufschreit, daß es weh tut, mit angehaltenem Atem, um dann ruhig Gas zu geben auf den Geraden, die doch, wie kurz sie auch sein mögen, mit Sicherheit hinter der Anstrengung der Hügel liegen. Lene hat ihre Geschichte, denkt er, und ich keine mehr, nicht wirklich, nur Worte, sagte ich zu Doktor Tichtel, der mir zuhörte, noch immer saßen wir am Schreibtisch, während Ludwig am Meer steht und friert, man erzählt doch immer wieder nur sich selbst, mich beinahe entschuldigend, daß Ludwig so von sich denkt. Denn es war mir plötzlich peinlich, daß Doktor Tichtel den Zweifeln und Ausflüchten meines Bruders zusehen konnte, wünschte mir wieder, allein mit ihm zu sein, hinüberzukönnen zu ihm, hätte ihm ins Gewissen geredet im Wind auf der Mole, aus einer Wolke, aus dem Schild zu ihm gesprochen, das dort brennt im Rost, daß er seine Chance nutzen solle und fahren lassen alle Autos und Vorsicht, begann, seit sie verschwunden war, zu begreifen, daß es für Ludwig gefährlich wird, und ich fuhr fort, mich und meinen Bruder zu verteidigen vor Doktor Tichtel, der mich gespannt ansah, man müsse schon die Einbildung verzeihen, man könne sich zu Ende erzählen, wieder aus sich herauskommen, eine Ahnung ist das aus der Zeit, als man noch im Glauben an die Geschichten war, die wahr waren, Wirklichkeit zum Wohnen und wieder Verlassen gemacht, aus denen man entkommen, die man zurücklassen konnte, fest, unleugbar und belanglos, jeder wisse doch, fuhr ich fort, daß das heute ganz anders sei, und deshalb dürfe er, Doktor Tichtel, nicht auf falsche Gedanken kommen, und nur, weil Ludwig sich so benehme, annehmen, daß es mit ihm ein Ende haben könne. Vorgestern noch, nur als Beispiel, und weil ich das vergessen hätte zu erzählen, log ich, sei Ludwig spazieren gewesen in seinem Viertel und habe, mitten in der Nacht, ein Mädchen getroffen, vielleicht elf oder zwölf war sie, erfand ich, die plötzlich vor ihm gestanden habe, mit großen Augen und seltsam muskellos hängenden Lippen, ganz unerwartet, und, da sie ihn, wie er vermutet habe, nicht verstehen konnte, habe er ihr gesagt, wie geil er ihren Mund finde, und sei dann die ganze Nacht guter Dinge gewesen, erzählte ich, mit lauter Stimme, das sei immer so gewesen, mit Ludwigs weinerlichen Stimmungen, darauf dürfe gerade er, Doktor Tichtel, nichts geben, er solle sich von den Selbstzweifeln meines Bruders nicht verleiten lassen, anzunehmen, es gehe zu Ende. Meine Hände umklammerten mein Knie so fest, daß die Handknöchel weiß wurden. Doktor Tichtel räusperte sich, lachte dann, sagte, ich glaube doch nicht ernsthaft, daß Lene für Ludwig noch eine Chance sei. Jetzt könne er ja sagen, was er die ganzen Tage schon gedacht habe, nun, da wir allein seien, ich solle doch einmal darüber nachdenken, was ich so erzähle, das Ich ist nicht Herr im eigenen Haus, sagte er mit süßlichem Lächeln, als wäre dieser Satz Verführung, wiederholte, das Ich ist nicht Herr im eigenen Haus, und lachte in sich hinein, älter mit einemmal als all die Tage zuvor, beinahe unter der Hand zu einem kleinen, alten Mann geworden, dessen Kinn spitz hervortrat, dessen Augenbrauen sich weiter und buschiger über die Lider wölbten als noch vor zwei Tagen, die Haut an Wangen und Hals nachgedunkelt, verwelkt. Er stützte den Kopf in die knochigen Hände und zögerte einen Moment weiterzureden, als wartete er darauf, daß ich mich beruhige. Es regnete, und obwohl es erst früher Nachmittag war, lag das Wohnzimmer in kühlem Dämmerlicht, vertieft und erhellt von wechselnden Wolken. Der Regen schlug laut an die Fenster, wenn der Wind die Bäume und Büsche wanken ließ, wenn Wolken und Blätter stillstanden für kurze Zeit und die Tropfen geradewegs abliefen, war es ruhig. Neben der Zuckerdose gilbte die Butter. Er lehnte sich zurück, sagte, machen wir einen Moment Pause. Die Selbstgefälligkeit, mit der er sich nicht aus der Ruhe bringen ließ, und wohl auch mein eigener Zweifel an dem, was ich gesagt hatte, begannen mich wütend zu machen. Warum, wollte ich wissen, soll ich auf Sie hören, kenne Sie doch nicht, was Sie sagen, muß nichts heißen, wahrscheinlich lügen Sie mir eins in die Tasche, machen sich wichtig, sind nur eifersüchtig, weil ich Ihre junge Freundin gefickt habe, sonst nichts. Was geht Sie überhaupt meine Geschichte an. Sie erzählen doch auch nichts von sich. Er seufzte und lächelte, bat mich um eine Zigarette, wobei mir auffiel, daß ich über der ganzen Geschichte das Rauchen vergessen hatte. Wir rauchten beide. Einmal ward ich zum König gerufen, der an einer schweren Krankheit darniederlag, begann Tichtel zu reden. Als ich eintrat, sah ich den Tod zu den Füßen des Königs stehen. Da konnte mein Kraut nichts mehr helfen, doch fiel mir ein, wie ich den Tod betrügen könnte, ich packte den König und legte ihn verkehrt, so daß der Tod an seinem Haupte zu stehen kam. Es glückte und der König ward gesund. Als ich aber wieder zu Haus war, kam der Tod zu mir, machte grimmige Gesichter und sagte, wenn du dich noch einmal unterstehst, mich zu betrügen, so drehe ich dir den Hals um. Bald danach ward des Königs schöne Tochter krank, niemand auf der Welt konnte ihr helfen, der König weinte Tag und Nacht, endlich ließ er bekanntmachen, wer sie kurieren könne, der solle sie zur Belohnung haben. Da kam ich und sah den Tod zu den Füßen der Prinzessin stehen, doch weil ich von ihrer Schönheit ganz in Erstaunen war, vergaß ich alle Warnung, drehte sie herum, ließ sie an der heilenden Pflanze riechen und salbte ihr die Fußsohlen damit. Kaum war ich wieder zu Haus, da stand der Tod mit einem entsetzlichen Gesicht vor mir, packte mich und trug mich in eine unterirdische Höhle, worin viele tausend Lichter brannten. Siehst du, sagte der Tod, das sind alle Lebenden, und hier das Licht, das nur noch ein wenig brennt und gleich verlöschen wird, das ist dein Leben. Hüte dich. Während Tichtel sprach, vergaß ich Ludwig, betrachtete ihn, wie er am Schreibtisch saß, auf dem, neben den abgegessenen Frühstückstellern, der Kaffeekanne und den Tassen, die Bücher lagen, die er sich aus den Regalen geholt hatte. Seit Freitag saß er jetzt so da, in Ludwigs weißem Frotteebademantel, ohne Schuhe und Strümpfe, und redete, überzeugt davon, daß ich ihm zuhörte und begriffe, was er mir zu erklären versuchte, dieser Doktor Tichtel, um den Windstille zu sein schien, die auch um diese Frau gewesen war wie ein luftleerer Raum. Die Kleidung, die ihm nicht gehörte und ihm auf so seltsame Weise nicht paßte, die zu weiten und zu langen Ärmel, erinnerte mich immer wieder an Porträts des 16. Jahrhunderts, schien geradezu auf sie hinzuweisen, mit seinem Körper verbunden zu sein, so wie die Kleidung mancher Plastikpuppen, die nichts als die bemalte Oberfläche der Puppe selbst ist, nichts als eine Ausstülpung des Materials, Außen und Innen vortäuscht, wo es gar nicht vorhanden, beides miteinander identisch ist. Während er sprach, spürte ich etwas davon auch in den Wörtern, die klangen, als wären sie übersetzt aus anderen Sprachen, größeren, die über mehr und andere Wörter verfügen als die, in der er sich ausdrückte, und diese Differenz bewirkte beim Zuhören dasselbe Unwohlsein wie der Anblick seiner Kleidung, denselben Verdacht, er enthalte mir etwas vor, während er weitersprach, als spräche die Sprache sich selbst, wälze immer wieder die eigenen Wörter im Mund wie Kiesel, wende sie, unsicher, wie sie zu verwenden seien, mit allergrößter Zungenfertigkeit. Wie, fragte ich mich, ist er über die Zeit gekommen. Wissen Sie, fuhr er fort, daß ich trotz jenes Mißgeschickes mit der Kerze noch da bin und jetzt hier sitze, ist natürlich schwer verständlich. Er machte eine Pause, und in das Schweigen hinein sagte ich, er solle mir einfach erklären, wie er und seine Begleiterin in den Anatomieatlas geraten seien, und woher, und wie wieder heraus. Er lachte. Mit einem Sprung sozusagen. Als er sah, daß mir das nicht genügte, setzte er hinzu, es müsse mich eigentlich wirklich nicht interessieren, auf welche Weise Zeit vergehe, was es mit den Zeitformen auf sich habe, aber grundlegend ist, begann er zu dozieren, daß sie ihre Bedeutung jeweils erst im Sprech-, beziehungsweise Schreibakt durch den Bezug auf das Zeitfeld des Sprechers, beziehungsweise Schreibers mit den Dimensionen Person, Raum und Zeit gewinnen. So meint Du erst dann eine bestimmte Einzelperson, wenn es in einer spezifischen Situation von einem Sprecher, beziehungsweise Schreiber gegenüber jemanden verwendet wird. Und Hier meint nicht einen bestimmten Raum, beziehungsweise Ort, sondern jeweils den, in, beziehungsweise an dem sich der Sprecher, beziehungsweise Schreiber gerade aufhält. Was nun die Zeitformen betrifft, so ist ihre unterschiedliche Leistung zuerst in der Dimension Zeit festgelegt. Dem Sprecher, beziehungsweise Schreiber dient dabei der Sprechzeitpunkt, also der Zeitpunkt, in dem er sich mündlich oder schriftlich äußert, als Fix- und Bezugspunkt. Alles Geschehen, Handeln und Sein, das aus seiner Sicht im Sprechzeitpunkt abgeschlossen ist, gehört der Vergangenheit an, alles Geschehen, Handeln und Sein, das aus seiner Sicht im Sprechzeitpunkt nicht abgeschlossen ist, der Nichtvergangenheit, also Gegenwart oder Zukunft. Gegenwart, Vergangenheit oder Zukunft sind also keine absoluten, sondern relative Größen, die sich in der Zeiterfahrung des Sprechers, beziehungsweise Schreibers jeweils neu bilden. Das ermöglicht, sprachlich zumindest, die Reise, auf der sich unsere französische Freundin und ich befinden. Denken Sie sich einfach, setzte Doktor Tichtel hinzu, ich sei so eine Art Notarzt, viel unterwegs, und dieser Atlas dabei nichts als eine Zwischenstation. Aber interessant, weil beruhigend, ist in diesem Zusammenhang, zumindest für mich, seit ich das gestern entdeckte, was einer ihrer Philosophen dazu sagt. Er zog geschwind aus einem der Bücherstapel ein aufgeschlagenes Buch und begann vorzulesen, ohne Titel und Verfasser zu erwähnen, als käme er aus einer Zeit, die auf Autorenschaft weniger Wert als die unsere legte. Der Mensch, las er, ist eine junge Erfindung, die, wenn die Dispositionen, die sein Erscheinen ermöglicht haben, sich ändern, leicht wieder verschwinden kann wie am Meerufer ein Gesicht im Sand. Wenn ich davon zu meiner Zeit gewußt hätte, wäre vieles anders geworden. Tichtel sah mich ernst an. Ich beneide Sie um dieses Wissen, das ich gerne damals gehabt hätte. Aber was ich Sie eigentlich fragen wollte, er ließ das Buch sinken und nahm den Anatomieatlas, den er sich aus meinem Schlafzimmer geholt haben mußte, was ich sagen wollte, war eigentlich etwas ganz anderes, das mir heute Morgen aufgefallen ist, ich wollte Sie auch gleich wecken, als ich es bemerkte, aber Sie schliefen wohl zu fest und reagierten nicht auf mein Klopfen, was mir aufgefallen ist, sind diese Zeichnungen, er öffnete den Anatomieatlas, die mich als Arzt natürlich, vom medizinischen Standpunkt aus, ganz besonders interessieren, die aber darüber hinaus auch faszinierend sind, weil es auf seltsame Weise Porträts zu sein scheinen. Was ich sie fragen wollte, war, ob sie mir sagen können, welche Zeichnungen unsere französische Freundin und mich darstellen. Ich nannte ihm die Seitenzahlen, er blätterte und schlug zwei leere Seiten auf. Enttäuscht strich er mit der Hand darüber hin, schade, daß ich nicht mehr sehen kann, wie wir aussahen, aber, er schwieg einen Moment, fragte dann, waren wir uns ähnlich, hatte das Abbild etwas mit uns gemein, so wie man doch auch voraussetzt, daß die anderen, könnte man sie mit den Porträtierten vergleichen, unverwechselbar ähnlich sein müßten, so lebendig, und er fuhr mit einem seiner langen Fingernägel die roten und blauen Blutgefäße eines geöffneten Armes entlang, so ähnlich, daß man beinahe glaubt, sie zu verstehen, zu kennen. Das ist doch etwas anderes als diese Psychologie mit ihren unsichtbaren Erklärungen. Ja, sagte ich, sie sehen beinahe so aus wie ihre Bilder. Doch als hörte er mir nicht zu, murmelte er, man spürt den Schmerz, und hielt sich die Zeichnung eines Kopfes ganz dicht vor die Augen, schwenkte das Buch ein wenig, so daß sich verschiedene Lichtreflexe in der Pupille brachen, spürt den Schmerz, murmelte er nochmals, älter geworden, zusammengesunken, der Bademantel beinahe zu schwer für ihn. Man weiß noch nichts, wenn man es so sieht, sagte er dann bestimmt und schaute mir wieder fest in die Augen, als wäre ich es gewesen, der einen Ausdruck aus den anatomischen Zeichnungen hatte ablesen wollen, und nicht er. Als wollte er eine mißliche Diskussion beenden, fuhr er mich an, ich solle ihn nicht so ansehen, sondern mich lieber darum kümmern, wie es meinem Bruder gehe.

27.
Schmerz.

Der Schmerz baut sich hinter seinem Rücken hoch auf, während er die Treppen hinaufsteigt, aufschließt und zum Fenster geht, frische Luft, die Arme aufstützt auf dem Fensterrahmen, nach unten auf die Straße sieht und an sie denkt, den Schmerz hinter seinem Rücken, dann auf ihm, wie eine Form, eine Schablone, die eine andere, kleinere verdeckt, Sonnenfinsternis, denkt er noch, da stürzt Lene schon, wie von Schlägen getrieben, unter ihm weg, stürzt, wohin, und auch ihn reißt es weg, als stünde er auf ihr, als stürmte es mit einemmal kalt durch das offene Fenster und wehte beschriebene Blätter davon, krampft es sich in ihm, heiß, als schöbe sich eine Nadel in den Arterien den Arm entlang bis zum kleinen Finger, wird ihm schlecht, gerade heute, denkt er noch, hatte sich am Morgen so gut gefühlt, kaum geraucht, läßt sich auf das Bett fallen. Doktor Tichtel nickte, sein Blick ging an mir vorbei ins Leere, während er, ohne hinzusehen oder es zu bemerken, mit dem Nagel seines Ringfingers Blutgefäße auf einer der anatomischen Zeichnungen entlangschabte und das Papier furchte, Ludwig im Bett ist das Zimmer zu eng, Schmerzen, murmelte Doktor Tichtel, das sagt gar nichts, pektanginöse Beschwerden, Enge, Ludwigs linken Arm durchzieht der Schmerz bis in die Hand, er tastet nach der kleinen roten Sprühdose mit der weißen Kappe in seiner Hosentasche, sprüht sich die säuerliche, prickelnde Flüssigkeit in den Mund, Nitrospray, erläuterte ich, das kenne ich nicht, sagte Doktor Tichtel und zuckte mit den Schultern, wirkt aber, schaute mich an, gleich ist es vorbei. Nitrolingual Spray 0,4 Zusammensetzung pro Spraygabe 0,4 mg Nitroglycerin in aromatisierter öliger Lösung Wirkungsweise Nitroglycerin bewirkt eine Erweiterung der peripheren Gefäße und damit eine Entlastung der Herzens die zu einer Abnahme des Sauerstoffbedarfes führt Nitroglycerin verbessert außerdem gezielt die Sauerstoffversorgung der minderdurchbluteten Bezirke des Herzens da die Aufnahme über die Mundschleimhaut sehr schnell erfolgt werden die akuten Beschwerden die sich in Beklemmungserscheinungen und Schmerzen äußern können rasch und zuverlässig beseitigt Dosierung und Anwendungsweise soweit nicht anders verordnet beim Anfall 1 bis 2 Spraygaben auf die Mundschleimhaut am zweckmäßigsten auf die Zunge aufsprühen die Öffnung am Sprühkopf ist möglichst nahe an den Mund heranzubringen da diese Öffnung sich leicht tasten läßt dient sie auch als sichere Orientierungshilfe bei nächtlichen Verabreichungen vor größerer körperlicher Anstrengung kann vorbeugend eine Spraygabe auf die Zunge gesprüht werden um einen Angina pectoris Anfall zu vermeiden Nebenwirkungen als Zeichen für die einsetzende Wirkung kann Kopfdruck auftreten bei besonders empfindlichen Patienten auch Blutdruckabfall und Pulsbeschleunigung diese Erscheinungen klingen jedoch rasch ab besonderer Hinweis wenn Sie die Spraydose bereits eine Weile benutzt haben empfiehlt es sich rechtzeitig eine Ersatzdose zu beschaffen und mitzuführen damit die Versorgung mit unserem Präparat auch beim Leerwerden der ersten Packung gesichert bleibt. Und Ludwig tanzt auf ihrem Gesicht, auf den Gedanken an sie, als wäre sie der Boden, und dieser zu heiß. Die Übersetzung ins Italienische, denkt er, weiß ich nicht, der Sommer vorbei, Hitze und Helle verschwunden, Wind in der Stadt, Wolken blähen sich auf hinter den Häusern, Regen, wie Hustenanfälle, fällt, über ihre Augen hin, denkt Ludwig, und tanzt auf ihrem Gesicht, überzusetzen in den Sommer ist nicht gelungen, war nur eine Atempause, denkt er, hat auch keinen Sinn, aus der Enge, die sich so fest in die Achselhöhle ballt, daß das Atmen kaum gelingt, hilft keine Übersetzung heraus, keine Maskerade, immer klafft der Spalt zwischen Original und Transkription, in den man fällt mit der Erinnerung an die Hitze, doch es wird wieder leichter, und sie lacht, er sieht es genau, als kitzelten ihre Wimpern seine Füße, im Tanz bebt ihr Mund, doch er stört sich nicht daran, tanzt auf ihr ohne Bedenken, noch ist der Boden sehr heiß und sie so groß, daß er über ihre Stirn nicht sehen kann, vermeidet nur ihre Lippen, die sich feucht nach innen wölben. Schmerz ist der Zauber, denkt er, habe den Zauber, der macht, daß sie nicht aufsteht, und er läßt sich Zeit, sein Tanz ist bedächtig, er stapft auf mit den Fersen und dreht sorgsam die Hände in den Gelenken, geschlossenen Auges, versunken im morastigen Ziehen unter der Haut, wischt er weg ihr Riesengesicht. Wenn es ihm gefällt, ist sie klein, liegt bei ihm, er hält in den Händen ihre Brüste, spürt ihre Wärme, die ihn einfach behält, wünscht sich aufzutauchen zwischen den verschieden benannten Gewässern in seinem Kopf, als der Schmerz weniger wird, als wäre nichts gewesen, alles nur Annahme und vorübergehend, auch, daß der Tod da ist. Das hatte ich geahnt, auch, wie er lächeln würde, schwitzend, über diesen Sommer und Lene, daß sie da ist, Gebirge, Meeresspiegel, ahnungslos, sichtbar, zweifelsfrei, wie es nicht einmal sein Arm ist, den er mit der rechten Hand knetet, den er jetzt wieder heben kann, schmerzfrei die Finger, greift, da kommt ihm die Erinnerung zuvor, wie er auf der Terrasse lag, mit der Decke und den Pflanzen, das nicht mehr, denkt er, aber doch, ganz gewiß, greift zum Stuhl neben dem Bett, nach den Zigaretten, zündet sich eine an und saugt den Rauch gierig ein, aber vorsichtig, ganz vorsichtig, um nicht husten zu müssen, Angst, daß der Schmerz wiederkommt, ihm wird schwindlig, es wundert ihn nicht, daß es nun, weil es einmal so war, immer so sein, die Terrasse aus seinem Kopf nicht mehr verschwinden wird, aber er will sich an die blaue Decke nicht erinnern, nicht an die Schmerzen, die ihn in den Korbstuhl hineingetrieben hatten, zwischen dem Flechtwerk hindurch, so daß er geglaubt hatte, durch das Gitter zu atmen, jeden Moment zu versickern, wenn das Herz so klein, schwer und fest geworden wäre, alles herausgezogen haben würde aus seinem Arm, seinem Bauch und seinem Hals mit jenem schrecklichen Schmerz, daß sein Gehirn, angezogen von dieser Schwere, zerreißend alles, was es hielt, durch den Hals in diesen Knoten fahren würde, die Augen, hatte er gedacht, die Augen ziehen ihre Stiele langsam aus dem Denken heraus, alles hinein in den dunklen Knoten unter seiner linken Brust, in das schwarze Loch in ihm. Das ist ihm nach Italien gefolgt, geht nicht mehr weg, selbst wenn er tanzt auf Lenes Gesicht, verliert er, ich war froh, daß er nicht weiß, daß ich ihm zuschaute, den Takt über der

Erinnerung, dabei schaute ich ihm gern zu dabei, wollte nicht, daß es ihm weh tut. Er möchte, daß noch einmal einer ihn anrührt, als wäre er ein wirklicher Mensch, erklärte ich Doktor Tichtel, der nur mit den Achseln zuckte, sagte, es ist doch vorbei, längst beschlossene Sache, und wieder zu lesen begann. Obwohl alles, wie es in den Wörtern geschah, ausweglos schien, Erfindungen, auch Ludwig und Lene, die auf eines hinausliefen, versuchte ich doch, der Wirklichkeit auf den Fersen zu bleiben, Ludwig steht auf, will etwas essen, öffnet die Dose und füllt die Ravioli in den Topf, schaltet den kleinen Gaskocher an, das Gemüse bleibt in der Tüte, ein Glas Wein, Brot, er wartet, bis die Tomatensoße kocht, setzt sich wieder ans Fenster, den Teller auf den Knien, nimmt die Tablette, die er am Morgen vergessen hat, ißt die Nudeln und liest wieder, wie schon oft, den Beipackzettel, den er gegen das Weinglas lehnt. Visken retard Zusammensetzung eine Retardtablette enthält zwanzig Milligramm Pindolol einmal täglich unzerkaut mit etwas Flüssigkeit, hat der Arzt verordnet. Ich wollte zumindest wissen, wie spät es war, da meine, das heißt Ludwigs, Digitaluhr dreiundsechzig Uhr zweiundzwanzig anzeigte, früher Nachmittag mußte es sein. Anwendungsgebiete krankhafte Veränderungen der Herzkranzgefäße chronische Koronarinsuffizienz Prophylaxe bei Angina pectoris Folgezustände nach Herzinfarkt Herzklopfen Herzdrücken Herzstechen verminderte Leistungsfähigkeit. Doktor Tichtel sah kurz von den Büchern auf, die er nach und nach vom Stapel auf dem Schreibtisch genommen und aufgeschlagen hatte, als ich aufstand, um in die Küche zu gehen, das Radio anzuschalten und die Zeitansage abzuwarten, sagte, als hätte er meine Gedanken gelesen, ich solle mich damit zufrieden geben. Nebenwirkungen Schwindelzustände Kribbeln Taubheitsgefühl in Händen und Füßen Verstärkung peripherer Durchblutungsstörungen Kopfschmerzen oder Schlafstörungen äußerst selten Jucken und Rötung der Haut Erbrechen oder psychische Reaktionen z. B. depressive Verstimmungen. Ich saß eine Weile still, wußte nicht, was tun, und hatte doch das Gefühl, es sei höchste Zeit, etwas zu unternehmen, schließlich lebte ich seit beinahe drei Tagen in diesem seltsamen Zustand, der zwar, so versicherte ich mir immer wieder, mit Ludwig nichts zu tun hatte, ihm aber auch nicht half. Eigenschaften unter körperlicher oder seelischer Belastung steigt die Arbeit des Herzens und damit auch der Sauerstoffbedarf an krankhaft veränderte Herzkranzgefäße können diesen Mehrbedarf nicht mehr dekken das Gleichgewicht zwischen Sauerstoffangebot und Sauerstoffbedarf ist gestört als Folge treten heftige anfallartige Schmerzen in der Herzgegend Angina pectoris Stenokardie auf die bis in den linken Arm ausstrahlen können Visken retard entlastet das Herz durch die Senkung der Herzarbeit und verringert somit den Sauerstoffbedarf dadurch werden schmerzhafte Herzanfälle sowohl in der Häufigkeit als auch Intensität wesentlich verringert oder ganz beseitigt Visken retard schirmt das Herz vor überwiegend nervösen Reizen ab und führt so zu einer entscheidenden Besserung auch der vegetativen Herzbeschwerden wie Herzklopfen Herzstechen Herzdrücken. Es schien mir, als dürfte ich mich nicht länger von diesem Mann, der doch im Grunde nur seinen Ärger darüber vor mir verbarg, daß seine Freundin mich ihm vorgezogen hatte, zur Untätigkeit überreden lassen. Sandoz, liest Ludwig, nimmt das Glas, der Zettel fällt auf den Boden, und trinkt es leer, Sandoz AG 8500 Nürnberg. Ich hole mir Zigaretten, sagte ich zu Doktor Tichtel, der aufsah, abwesend, nickte, und ging bis zur nächsten Straßenecke, an der ein Zigarettenautomat hing. Der Eindruck, daß wir beide warteten, worauf, schien mir trügerisch, Ludwig mußte erfahren, was in seiner Wohnung vorging, schließlich hatte ich an seiner Statt für Ordnung zu sorgen. Als ich zurückkam in die Wohnung, der Geruch, der seit Freitag immer stärker geworden war, war verschwunden, beschloß ich, Ludwig zu benachrichtigen, ihm alles zu erklären, ihn zu warnen, denn ich vermutete, daß sie, die so plötzlich hatte abreisen müssen und die Doktor Tichtel mit jener ekelhaft lasziven Betonung, die mir nicht mehr aus dem Kopf ging, unsere französische Freundin genannt hatte, sich auf dem Weg zu Ludwig befand, schon schien es mir, sie stehe neben ihm und lege ihre Hand auf seinen Schmerz, ohne daß er davon etwas weiß in seinem Zimmer, in dem er ißt, wartet, nicht weiß, was tun. Die Schmerzen sind vorbei. Er ist müde und hat Angst vor dem Schlaf, raucht deswegen, während ich Telephonbuch und Telephon nahm, mein Gast sah mich unverwandt an, das hat keinen Sinn, flüsterte er, und war doch offensichtlich gespannt, was ich tun werde, ich wählte die Nummer der telephonischen Telegrammaufgabe, suchte, während ich auf die Verbindung wartete, immer wieder bat mich eine Automatenstimme um Geduld, den Zettel mit Ludwigs Adresse auf dem Schreibtisch, den ich am Freitag achtlos liegengelassen hatte, gab dann das Telegramm auf, in dem ich ihn bat, nach Hause zu kommen, bevor, so formulierte ich es, weil ich befürchtete, er würde ausführliche Erklärungen nicht ernst nehmen, bevor Schlimmes passiere. Jetzt, im Nachhinein, glaube ich mich daran zu erinnern, daß Doktor Tichtel, sobald ich in den Hörer zu sprechen begann, den Kopf wieder, lächelnd und, wie es mir scheint, beruhigt, senkte, als Ludwig gerade sein Zimmer verläßt. Er hat sich entschieden, Lene doch noch zu besuchen, obwohl sie nicht verabredet sind, hat ihre Adresse, einen Stadtplan sich gleich am ersten Tag gekauft, und jetzt beim Essen die Straße gesucht, in der sie wohnt. Das Warten ist ihm zu nah am Schlaf. Auch regnet es nicht mehr.

28.
Doktor Tichtel.

Einmal, Doktor Tichtels Stimme holte meinen Blick von Ludwig weg, dem ich hilflos nachsah, wie er langsam die Treppen hinuntersteigt, einmal, wiederholte der Arzt, im sechsten Jahr meines Doktorates, wohl am Geburtstag meines erstgeborenen Sohnes Leopold, dem vierten Juni, als ich schon lange das Heilkraut von meinem Paten bekommen hatte, infizierte ich mich bei einem Kranken. Am Hals, an der linken Seite, bekam ich Schwellungen, über die ganze linke Mitte des Halses und des linken Armes, den Hals hinunter unter dem Nacken und auf dem Rücken bis zum Gürtel. Die Natur siegte, aber ich mußte warten, so lange, bis am siebten Tag der Abszeß sich öffnete unter Ausspeien des Eiters. Das dauerte drei Wochen, in denen ich nichts ausspie als Eiter und Schleim. Elf Wochen praktizierte ich nicht, außer bei Freunden und Verwandten. Selbst am Tag des heiligen Simon floß der Karbunkel noch aus, so daß ich den Platz ausbrennen ließ. Am Tag der heiligen Katharina setzte der Chirurgus dann Schröpfköpfe. Gott sei gepriesen, weil er in seiner besonderen Gnade gewollt hat, daß ich das Leben länger genieße, und mir die übergroße und besonders Gnade verlieh, dieses Jahr im Leben zu vollenden und mich aus der großen Krankheit wie einen Toten und wahrlich halb Toten befreite und lebendig machte. Auch meinem Paten habe ich zu danken, fügte Doktor Tichtel, der in sich zusammenzusinken schien, noch hinzu. Während ich ihm zuhörte und ihn ansah, bemerkte ich, daß zum erstenmal das spöttische Lächeln, mit dem er bisher meine Bemühungen um Ludwig verfolgt hatte, langsam aus seinem Gesicht verschwand, die Züge beinahe ausdruckslos wurden, tiefe Falten sich um die weiche Haut des Mundes eingruben, vor meinen Augen alterte er, während er sprach, als ob, kam es mir in den Sinn, ihm Luft und Licht schadeten, ihm die konservierende Formalinlösung fehlte, und mehr noch als die Geschichte seiner Krankheit war es dieses Verwelken, das meine Aufmerksamkeit fesselte, schon schien seine Stimme nicht mehr aus dem regungslosen Gesicht zu kommen, dessen Lippen, kraftlos, sich kaum bewegten, während er sprach, und ich überlegte, was ihn, wenn er denn, wie es den Anschein hatte, lebte, am Leben hielt, vergaß meinen Bruder darüber und fragte, damit er weiter erzähle, wann er denn Arzt geworden sei. Du mußt warten, sagte er, überhörte meine Frage, du mußt warten, denn du kannst nichts tun, auch ich mußte warten, bis der Karbunkel sich öffnete, zögerte, als verstünde er erst jetzt, was ich gesagt hatte, und fuhr fort, sehr leise, beide Arme auf den Schreibtisch gestützt, ohne mich anzusehen, mir die Zeit zu vertreiben. Im Jahr des Herrn vierzehnhundertsechsundsiebzig empfing ich in der Kirche St. Stephan in Wien sowohl die Lizenz, als auch die Insignien des Doktors der Medizin vom Magister Pankraz Kreiczer aus Traismaur, dem Vater und Erzeuger des Magister Christopher, des Doktors der Medizin und Professor derselben, meines geliebten Lehrers. Tichtel schwieg einen Moment und setzte dann hinzu, noch leiser, mein Pate war dabei in St. Stephan, auch später, vierzehnhunderteinundachtzig, als ich in der Burg von Wien den Eid leistete dem ganz unbesiegten Kaiser Friedrich, dem Herren von Österreich. Alle Doktoren waren einstimmig für meine Person, und ich war ihnen genehm, und sie gaben mir unter dem Siegel der Fakultät Schreiben der Zustimmung und der Beförderung an die kaiserliche Majestät. Diese Schreiben las der Kaiser, und sie fanden seine Zustimmung, und er antwortete, daß ich ihm gefiele, und er wolle von mir den Eid haben. Mit ausgestrecktem Arm und Fingern reichte der Kaiser die Hand dar, als ich an seine kaiserliche Majestät herantrat, und als ich fortging, hielt er kräftig meine Hand und drückte sie. Ich war nah an den Schreibtisch herangerückt, um Tichtel zu verstehen, der unter großer Anstrengung sprach, als fiele es ihm schwer, Wörter zu formen. Ich wußte nicht, worauf er hinauswollte, sah nur, daß ihn seine eigene Geschichte beim Sprechen ergriff und altern ließ, ahnte, daß sein Reden mich von Ludwig ablenken sollte, doch seine Beichte faszinierte mich, als läse ich ein altes Tagebuch, ich sah ihn schweigend an und wartete, daß er weiterspräche, da kam sein Blick plötzlich ruckartig mit dem gesenkten Kopf hoch, er schaute mich an und sagte, einmal habe ich auch welche gesehen, die von Kanonen zerfetzt worden waren. Sieben Leichen sah ich liegen, schrecklich zerfetzt, durch die Mitte, mit abgerissenen Füßen, Händen, Unterleib, während der Belagerung durch den Ungarnkönig Mathias, die im Jahr des Herrn vierzehnhundertdreiundachzig begann. Eine harte Sache für uns. Teuerung, Pest, Krieg. Wir aßen Pferdefleisch. Da uns nichts an Nahrung zugeführt wurde, holten wir sie mit Gewalt, wie ein Räuber wurde Wien. Die Feinde nahmen zweihundert und mehr Menschen, die Lebensmittel auf dem Rücken in die Stadt tragen wollten, gefangen, und nicht nur jene, sondern auch vierzehn Reiter und sechsunddreißig Fußsoldaten von uns, die den Tragenden entgegen ausgerückt waren, um ihnen zu helfen. Einmal, am Karsamstag, morgens um fünf Uhr, entstand in der Stadt eine ungeheure Unruhe wegen Schiffen, die von Stain und Krems kommen sollten. Um sechs Uhr sahen wir sie, vollgeladen mit Lebensmitteln, auf kriegerische Weise ausgerüstet, wie sie die Donau niemals getragen hat, mit Fahnen und Bewaffneten. Als die drei besagten Schiffe das Heer des Königs oberhalb von Marktneuburg passierten, wurden sie von unzähligen Kanonen beschossen. Sie brachten Getreide mehr als tausend Mutt, mehr als zweitausend Schweinehälften, Mehl, Schmalz, Braten und Fleisch, ohne Zahl auch anderes zum Leben Notwendiges. Sieben der Toten sah ich liegen. Du hättest Tränen vergossen, wenn du menschliches Blut so breit auf den Seiten und Dächern der Schiffe gesehen hättest und Teile menschlichen Fleisches so überreich verstreut. Der Pate aber freute sich, und ich konnte nichts tun, da das

Kraut nicht wirkte. Die ganze Stadt richtete ihnen ein Leichenbegräbnis aus, am Dienstag nach Ostern, wie es noch niemals in St. Stephan gesehen worden war. Nur einmal, als sich, lange nachdem Wien vom Ungarnkönig besiegt, dieser gestorben und sein Sohn vom Kaiser vertrieben worden war, gib, gütiger Jesus, den Ruhm nicht den Fürsten Österreichs, nicht uns, sondern deinem Reich, deinem Namen gib Ruhm, der du immer wieder gepriesen seist in alle Ewigkeit, Amen, als sich im März des Jahres vierzehnhunderteinundneunzig Conradus erhängte, wir erbaten ihn für die Anatomie, und er wurde in einem Wagen zum Haus der Ärzte geführt, half das Kraut, er zeigte Opera vite, als ich es ihm gab und einen Aderlaß an beiden Cephalicis machte, und es gelang, ihn gesund zu machen. Gloria in excelsis deo. Tichtel hatte seine Hand auf mein Knie gelegt, seine Stimme kam wie gehaucht aus den schmalen, starren Lippen, aber seine Augen leuchteten, als er mir von jener Heilung erzählte, und ich begann zu verstehen, welches Verhältnis ihn mit der verband, die er unsere französische Freundin genannt hatte. Man muß warten, sagte er wieder, und als ich ihn fragend ansah, verzogen sich seine Mundwinkel zu einer Andeutung des spöttischen Lächelns, das ich von ihm kannte. Es gibt Mittel, und, fuhr er fort, es gibt Stärkung und tiefe Beruhigung, wenn man bedenkt, daß der Mensch lediglich eine junge Erfindung ist, eine Gestalt, die heute, mein Lieber, noch nicht zwei Jahrhunderte zählt, eine einfache Falte in unserem Wissen, und die verschwinden wird, sobald unser Wissen eine neue Form gefunden haben wird, seine Stimme wurde wieder lauter und begann zugleich zu zittern, als fröre ihn bei seinen eigenen Worten, Ruhm dem höchsten Herrn, unserem Jesus Christus, zusammen mit dem Vater und dem Heiligen Geist in Ewigkeit gepriesen. Tichtel lehnte sich zurück in den Schreibtischstuhl, zog die Schultern zusammen und verbarg seine Hände in den weiten Ärmeln des Morgenmantels. Mach dir keine Sorgen um dich und auch nicht um deinen Bruder, dem du nicht helfen kannst. Paß auf. Und mit einem Zucken seines Kopfes deutete er in die Zimmerecke, ich sah, Ludwig hat sein Zimmer verlassen, ist langsam, kurzatmig, die Treppen hinuntergestiegen, die Piazza Roma kennt er von seiner ersten Fahrt durch die Stadt, vom Bahnhof kam er im Taxi an diesem Platz vorbei, ohne daß er sich damals umgesehen hätte nach den Tauben oder den Gleisen, über die hinweg Lene wohnt, und will auch jetzt den Platz eilig überqueren. In der Mitte das Rasenstück, das Denkmal bemerkt er fast nicht, die Bäume, Birken, erkennt er nicht wieder, auch ich kannte den Platz noch nicht, nicht so wie jetzt, und doch, plötzlich schienen mir die Lider zu zittern, Tichtels Gesicht begann zu schwanken, die Umrisse des Raumes zu verschwimmen, als träfe mich überraschend etwas Bekanntes, eine Erinnerung, mir schwindelte, als ich Ludwig zusah, ich hielt mich an den Sessellehnen fest, Doktor Tichtel stand auf, beugte sich über mich, nahm meine Hand, fühlte meinen Puls, ich ließ es zu, bist ja ganz blaß, murmelte er, legte meinen Kopf nach hinten auf die Lehne und zog mein rechtes unteres Augenlid herab, ich sah ihn nicht, spürte es nur, sitze schon auf einer der weißen Parkbänke der Piazza Roma und sehe Ludwig nach, halte mich am kalten, rauhen Beton der Bank fest, so sehr drehen sich mir die Bilder im Kopf, wie Übelkeit oder Betrunkenheit, der Nachmittag,

Familien mit Kindern, die auf anderen Bänken sitzen oder umhergehen zwischen den Tauben, Ludwig an ihnen vorüber, ich schaue ihm nach, wirklich ungewöhnlich viele, denkt er, versucht zu schätzen, an die achtzig vielleicht, wie ein belebtes Tuch oder ein Stück Meer in der Mitte des Platzes, die Randsteine des Rasenstückes hinauf und hinunter, dicht gedrängt, wellen und fließen sie, als imitierten sie etwas, das vom Wind bewegt wird, blind, wie schlafwandlerisch, stumm auch, weichen sie den Passanten aus, die sie nicht beachten, bis auf einige Kinder, die ihren Müttern und Vätern noch kaum bis zur Taille reichen, dem Boden, den Tauben näher sind und in die wabernde Fläche hineinlaufen, einzelne aus dem Schwarm drängen, in eine Ecke treiben, sie verfolgen, bis sie auffliegen, schwerfällig, gegen Ludwig hin, der durch den Schwarm hindurchgehen will, ohne zu beachten, daß die Kinder sich beinahe an ihm stoßen, die Mütter rufen sie zurück, die Tauben weichen ihm aus, zu einer der leeren Bänke am Rande des Platzes hin, vor der, Ludwig bemerkt es, indem sein Blick den Tauben folgt, einer steht, dem sie um die Beine streichen, wie ein Wind, oder Wellen, die Füße im Wasser. Verdecken die Schuhe des Jungen, der versucht, die Tauben aus einer großen durchsichtigen Plastiktüte, in der Brotkrumen, Brötchen, halbe, starr gewellte Brotscheiben sind, zu füttern. Kann es nicht, wird am rechten Oberarm mit starrem Griff von einem gehalten, der sich nicht um ihn kümmert, mit einer Frau spricht, die auf einer der nächsten Bänke sitzt, daß es aussieht, als hielte dieser Begleiter den dünnen Arm des Jungen, dessen Ellenbogen sich unter dem weißen Hemd spitz abzeichnet und in dessen offenem Kragen, unter dem dünnen, aber sehnigen, wie verkrampft muskulösen Hals, die Schlüsselbeinknochen sichtbar sind, wie etwas Hölzernes fest. Die Hände, auch der Arm des Jungen, der nicht von dem Begleiter umfaßt wird, der ganze Körper verkrampft sich in seltsamer Haltung, gehalten, so scheint es, in abstruser, schmerzhaft verfestigter Drehung der Gelenke. Ludwig bemerkt, als er, von den Tauben hinübergetrieben, diesem jungen Mann beinahe gegenübersteht, dann aber ausweicht und weitergeht, daß eine besondere Stille um ihn ist, die Tauben weniger gurren zu seinen Füßen, er ist so weit weg von ihnen, warum bückt er sich nicht, denkt Ludwig, und als er sich nochmals umsieht, versucht der Junge, den Beutel mit den Zähnen zu fassen, läßt ihn fallen, als ihm nicht gelingt, die Krumen durch Bewegungen des Kopfes, des ganzen Oberkörpers, zu verstreuen. Da macht sein Begleiter den Blick los von der Frau und kommt auf den Vernachlässigten zurück, sieht gerade, wie die Tüte dem Schweigenden aus dem Mund fällt, zwischen die Tauben, und beginnt, laut und offensichtlich verärgert, auf ihn einzureden. Der Junge nimmt den Blick nicht vom Boden, gesenkten Kopfes, und ohne daß sein Körper die Starre verlöre, nur seine Hände scheinen sich mühevoll in den Gelenken zu drehen, sieht er zu, wie die Tauben sich über den Beutel stürzen, übereinander, wieder wellt sich das Tuch, auseinanderstieben, als der Begleiter den Beutel aufhebt. Da beginnt der Junge zu sprechen, zuckt in seinem weißen dünnen Sonntagshemd, sein Kopf rollt auf den Schultern, die Wörter klingen Ludwig rauh nach, als er weitergeht, er hört die Stimme noch länger, wüßte gern, wie seine Augen aussehen, schaut sich um, sieht herüber zu mir und fängt meinen Blick, zögert, als würde er mich erkennen, so daß mir unwohl wird und ich gerade aufspringen will, um wegzugehen, eine schnelle Bewegung mache mit dem Kopf, um seinem Blick auszuweichen, da hielt mich Doktor Tichtel mit einer Hand an der Stirn, noch immer über mich gebeugt, lächelte, als ich die Augen aufmachte, alles bestens, das Experiment ist gelungen, jetzt weißt du, wie es geht, doch genug jetzt fürs erste, beruhigte er mich und ließ mein Handgelenk los, das er die ganze Zeit gehalten haben mußte. Hör zu, sagte er, und sah zum Fenster, als lauschte er auf etwas. Ich hörte, wie das Geräusch einer Kreissäge immer deutlicher wird, von einem dünnen Strich in der Luft erhebt es sich zu einem Zischen, je näher Ludwig zu Lenes Wohnung am Rande von Oneglia kommt, und das am Sonntag, denkt er, doch die Stadt verdünnt sich zum Rand hin, beginnt, gleich hinter dem Bahnhof, dörflich zu werden, so daß das Geräusch lange Zeit unauffällig bleibt, sich versteckt, bis es ist, denkt er, als ob wirklich die Scheibe mit den gezackten Zähnen die Luft schnitte, so schnell, daß die Verletzungen unsichtbar bleiben, der Schmerz aber ist Schrei, aufquellend und versickernd, verbunden mit dem Herbstabend, als regnete es wieder, die Blätter werfen die Tropfen nicht mehr ab, sanft gilbt das dunkle Wasser die Pflanzen an diesem Abend für den Herbst, selbst die Gräser am Straßenrand und zwischen dem Kopfsteinpflaster. Als Ludwig in die Gasse einbiegt, in der Lene wohnt, von der Karte aufschaut, sieht er, daß zwischen den Hügeln, die sich steil in Täler falten, zu denen die Gasse in langen Treppenstufen ansteigt, kalter Nebel vor dem Abend steht.

29.
Ludwig tanzt.

Salita Carretti, die Gasse schnurgerade bergan, No. 17, der Laden des Großvaters Rosinas, Lenes Freundin, in deren altem Mädchenzimmer sie wohnt, Korsettmacher, Doktor Tichtel gab mir das aufgeschlagene Wörterbuch, ich las sarto der Schneider biancheria die Wäsche biancheria intima die Unterwäsche calza der Strumpf camicia da notte das Nachthemd maglia das Unterhemd mutande die Unterhose mutandine der Schlüpfer reggiseno der Büstenhalter sottana der Unterrock, ist auch am Sonntag offen, hat ihm Lene erzählt, schon damit sie in ihr Zimmer könne, das hinter dem Laden liege, also, erst der Laden, dann eine kleine Treppe, dann Werkstatt und Ankleideraum, dann mein Zimmer, eigentlich habe der Alte kaum Kundschaft, sei trotzdem jeden Morgen im Laden, sitze da bis Mittag und am Nachmittag wieder, die Wäsche, habe er einmal gesagt, ist nicht für die Frauen, ihr zugeblinzelt, habe ihr auch Strümpfe geschenkt und, als sie ihm erklärt habe, sie besitze keinen Strumpfhalter, gelacht und ihr einen auf Maß gemacht, Wäsche ist nicht für die Frauen, habe er gesagt, an ihrem Oberschenkel genestelt mit dem Bandmaß, sondern ist da, um den Tod zu erschüttern. Was aber, überlegte ich, wenn der Tod kein Mann wäre. Die untere Hälfte des Schaufensters ist mit einer Holzwand verstellt, angenadelt Nachthemden, Corsagen, Büstenhalter, die obere Hälfte mit einem ausgebleichten, roten Samtvorhang verhängt, drei Stufen nach unten zur Tür, keine Türglocke, der Laden ein kleiner Raum, halber Keller, eine mit dunklem Holz eingefaßte Glasvitrine, auf der eine alte Registrierkasse steht, es riecht nach dem Staub, der sich in die Spitzen gesetzt hat, Ludwigs Schritte klakken auf dem schwarzweißen Karo des Steinfußbodens, seine Hand streift über das Glas der Vitrine, in der er sich verschattet spiegelt, aus der sein Bild im Halbdunkel auftaucht, als er sich hinunterbeugt, Strumpfbänder, Strumpfhalter, die Schönheit der Brüste, flüsterte mir Doktor Tichtel zu, ohne Ludwig einen Moment aus den Augen zu lassen, dürfe man nicht bei Jungfern, wenn sie Jungfern sind, suchen, sondern bei jungen Weibern, die einen Mann, aber noch keine Kinder haben. Aber wer wolle den erwachsenen, fein proportionierten Jungfern die Schönheit der Brüste absprechen, zumal, wenn dieselben apfelförmig, weiß wie Schnee und so groß seien, daß eine jede mit einer Hand bedeckt werden könne, welches das rechte Maß dieses schwesterlichen Paares sei. Ludwig hört, gedämpft, daß es wieder zu regnen beginnt, atmet tief ein und aus, die Kühle des Raumes tut gut, hustet, als schüttle er den Regen von den Lungenbläschen, sein Bild im spiegelnden Glas zittert, als er beide Hände auf die Theke aufstützt, bemerkt den alten Mann nicht, der, hinter der Kasse fast verborgen, auf einem Stühlchen sitzt, ihn ansieht und jetzt, als Ludwig sich immer tiefer über die Vitrine beugt, in der Annahme, der Kunde betrachte die ausgestellte Wäsche, ein seidenes Höschen aus der Vitrine nimmt und ihm hinschiebt ohne aufzustehen, ein Häufchen roten, glänzenden Stoffes gerade in Ludwigs Spiegelbild hineinschiebt, daß er aufblickt, überrascht, lächelt und wortlos den Stoff nimmt, murmelt, er wolle ihn bei Licht besehen, der Alte nickt, Ludwig geht zum Schaufenster, schiebt den Vorhang ein wenig beiseite, graues Nachmittagslicht, Regen, die Mauer des Hauses gegenüber, ein blaues Auto davor, in der Hand die kühle Seide, fast, daß auch sie seinen Blick spiegelte, glänzend wie naß, er legt sein Gesicht hinein, Zeit verliert sich darin. Die Dinge begehren sich ohne Zungen, lieben stumm, nie können wir wissen, wie es sein mag, sich ohne Zunge zu küssen, mit dieser Leere im Mund. Schweigend, wortlos, reiben seine Lippen am Stoff, so glatt, daß die Zeit daran abrutscht, schmerzfrei, gedankenlos, er sieht nichts hindurch, den Augen kühl, so glatt, daß nicht einmal seine Wimpern sich in ihm verfangen, wie seltsam, denkt er, daß es mir hier, obwohl der Raum eng und dunkel ist, gut geht. Der Alte sagt etwas, und als Ludwig sich umdrehen will, unsicher, ob er mit sich selbst gesprochen hat, kippen die Glasvitrine, die Wände und das lächelnde Gesicht des Alten, kippt der ganze Raum um die Achse, die der Blick zwischen den beiden Augenpaaren schweigend gezogen hat, zur Seite weg, rutscht alles geräuschlos an der Glätte des Stoffes ab, und Ludwig hält es nicht, läßt los, einen Moment nur der wohltuenden, kühlen Ruhe, als verschwände er selbst, das hält man nicht, denkt er, ist, als faßte man auf eine Kinoleinwand, versuchte, den Schwenk der Kamera aufzuhalten, das hält man nicht. Das rote Höschen fällt ihm aus der Hand, erschreckt hebt er es auf, schwankt dabei ein wenig, doch der Raum kommt wieder ins Lot, auch der Kopf des Alten, der sich über die Theke beugt, besorgt, sitzt wieder am richtigen Ort und Ludwig entschuldigt sich, Lene, Lene, sagt er. Der Alte nickt und verschwindet mit einer schnellen Bewegung des Armes hinter einem Vorhang ins angrenzende Zimmer. Halt, sagte Doktor Tichtel und schlug so fest mit der flachen

Hand auf den Tisch, daß die Zuckerdose gegen die Kaffeekanne klirrte, die beide noch vom Frühstück, vor den Fenstern begann es zu dunkeln, auf dem Schreibtisch standen. Siehst du, was dort an der Wand hängt, fragte er, und ich machte mich unwillig von Ludwigs Gedanken los, dem der wohltuende Schwindel noch kalt und klar in den Augen steht. Doktor Tichtel zeigte hinter die Glasvitrine, an der Ludwig jetzt lehnt, auf die Rückwand des Raumes, an der auf Regalen Stoff liegt und Nähzeug, Spitzen, Bordüren, Bänder, Kästchen mit verblaßten Aufschriften, die Ludwig zu entziffern versucht, nein, unterbrach mich Doktor Tichtel, die Schnürbrüste und Korsetts darüber. Ganz oben, unter der Decke, noch über den Regalen, hängen an Haken Korsetts aus Satin und Seide, aus gesticktem Tüll, Drell, Netz, ein leichtes Empirekorsett, erkärte er mir, daneben ein steifes Korsett aus dem 18. Jahrhundert, Korsetts in Schwarz, Weiß, Perlgrau, blassem Blau oder der Farbe eines Teerosenblattes, mit Blümchen verzierte, im Rücken zu schnürende und Korsetts mit Metallhakenverschlüssen, genähte Schnürbrüste aus einem Dutzend Teilen, handgewebte und maschinengearbeitete Korsetts, murmelte Tichtel, Küraßkorsetts, Miederkorsetts, nebeneinander, übereinander, so weit im Dunkel, daß ich sie kaum unterscheiden konnte. Doktor Tichtel schüttelte, während Ludwig versucht, Einzelheiten zu erkennen, den Kopf, das ist doch längst vorbei, murmelte er, und da ich nicht verstand, was er meinte, und nur bemerkte, daß ihn der Anblick jener Wäschestücke zu verärgern oder gar zu beängstigen schien, wiederholte ich zum Scherz den Satz, den der Alte zu Lene gesagt hat, sagte lachend, ich könne mir schon denken, daß diese unförmig starren Panzer den Tod zu erschüttern vermögen. Du weißt nicht, wie das ist, er schien mein Lachen nicht zu hören, sah vor sich auf die Schreibtischplatte, als dächte er an etwas lange Zurückliegendes, und begann, wie vor einiger Zeit auf einer Zeichnung des Anatomieatlas, mit dem Nagel des Zeigefingers Linien auf dem Holz zu ziehen, immer wieder, mit aller Kraft zwei konkave Linien wie eine Eieruhr, und während er stockend sprach und ich auf seinen Fingernagel starrte, wurden diese Striche zu Umrißlinien, Schnürfurchen, füllten sich mit Hüften, Brüsten, Taille, Bauchnabel, elastisch weichen Rippen, gequetschten Lebern und Atemnot. Ja, um den Tod zu erschüttern. Aus Angst vor ihm legen sie den Schnürleib an, und ist er nicht eng genug, geben sie ihn ganz gewiß nach der Anprobe zurück. Anderenfalls aber verbringen sie ihre ganzen Tage in dem arg verschwitzten, mageneinschnürenden, unter den Brüsten messerscharf einschneidenden Marterwerkzeug, tragen es geduldig noch Jahr und Tag, wenn auch die stählernen Planken ringsum in der Mitte längst abgebrochen sind und sich wie Pfeile ins Fleisch bohren, denn sie haben kein Geld für ein neues, und ohne gingen sie um keinen Preis der Welt vor die Tür. Um zu bleiben, wie sie sind, sind sie dieser Mode auch dann noch treu, wenn sie hohen Leibes sind, und ich habe zuweilen in allem Ernst verteidigen hören, daß diese Gewohnheit den unvergleichlichen Nutzen habe, zu starkes Wachstum des Kindes im Mutterleib zu verhindern und dadurch die Geburt um vieles zu erleichtern. Schon gegen den dritten Monat der Schwangerschaft dehnt sich der mütterliche Leibe in Höhe und Breite aus, und jedermann weiß, daß diese natürliche Ausdehnung bis bald zu der Geburt zunimmt, weshalb eine Schwangere ihre Taille verlieren muß. Eine Schnürbrust soll gerade das Gegenteil tun, und sie tut es mit solchem Erfolg, daß keine weitere Ausdehnung der Gebärmutter und ihrer Gefäße möglich ist, alle Gewalt sowohl des Atemholens als eines jeden Druckes auf den Embryo wirkt und ihn endlich abtreibt, die Frauen den Tod vertreiben, zeitlos bleiben, alterslos, noch an den Skeletten kann man, fuhr Doktor Tichtel fort und hielt mit dem nervösen Ritzen des Nagels inne und sah mich an, die Rippen nach innen geschlagen verkrüppelt sehen. Im Dunkel des Abends, der sich im Raum immer stärker ausbreitet, sind die Korsetts beinahe schon in den Schatten verschwunden, nur noch das Leuchten eines weißen Schnürleibes ist zu erkennen, der, so täuschen die Schatten, zu schwanken scheint, als hinge er an einer Schlinge im Wind. Ludwig kann von diesem Schwanken nicht wegsehen, es ist ihm, als verflüchtigte sich die Zeit in diesem Vorraum zu Lenes Zimmer, als spulte sich die Gegenwart verschiedener Zeiten ab, glitte an ihm vorbei, wie die glatte, rote Seide ihm noch immer kühl durch die Finger gleitet. So eine Überraschung, Lene lächelt, komm doch, hebt den Vorhang, Ludwig schaut auf, geht um die Vitrine herum, auf sie zu, die kleine Holztreppe hinauf, sie hält ihm den Vorhang, geht dann vor ihm her, dreht sich um nach ihm, er hat keinen Blick für die Werkstatt und den Alten, sie fragt, wie es ihm gehe, was er gemacht habe heute, sagt, daß er gerade richtig komme, sie wisse nicht, was tun, dann sind sie in ihrem Zimmer, und sie schließt hinter sich die Tür, ohne etwas von den seltsamen Dingen, die Ludwig erlebt hat, den Schmerzen, dem Schwindel, der Kühle des Stoffes, die er noch in den Fingerspitzen spürt, zu wissen. Es ist ein kleiner Raum, ein schmales Bett, dunkles Wurzelholzimitat, das ihn an seine Kindheit erinnert, als er in solcher Maserung alle möglichen Gestalten und Fratzen zu erkennen glaubte, die Bettdecke zurückgeschlagen, das Kissen zerdrückt, ein Buch liegt aufgeschlagen, mit dem Buchrücken nach oben, über der Kante der Matratze, Holzdielen, an der Wand hinter der Tür ein Schrank, die Lampe in der Mitte der Zimmerdecke eine grüne Schale aus Milchglas, von einem Messingrohr gehalten, Drähte, braun, rot und gelbgrün gestreift, sieht man am Ende des Rohres, Haken, Lüsterklemme, am Fenster ein Sofa, daneben zwei Koffer, der grüne Vorhang ist halb zur Seite geschoben, grüne Schatten liegen auf den Holzdielen, von irgendwo Regen, der dumpf aufschlägt. Er setzt sich auf das Sofa, erzählt ihr von seinem Weg durch die Stadt, der Mole, dem Jungen mit den Tauben, dem Regen, den Bergen, den seltsamen Wäschestücken, von den Schmerzen sagt er nichts, verstummt, als er bemerkt, daß Lene ihn ansieht wie jemanden, den man lange kennt und nicht mehr so genau betrachtet, an dem man dann aber, als sähe man ihn für Augenblicke anders, plötzlich zweifelt. Besäße ich ihn, und sei es nur einmal, überlegt sie, bekäme ich mehr als das, was er redet. Sofa, Fenster, der grüne Vorhang und sein Gesicht sieht er für einen Moment im Spiegel der offenen Schranktür, den er bemerkt, als Lene sich jetzt auf das Bett setzt, ihren Rükken, grün verschattet, sieht sich verwundert um nach ihr und hebt die Hände ein wenig, wie entschuldigend, daß er wieder, wie gestern, ihr gegenübersitzt ohne Anlaß, ihr nachsteigt mit großen Schritten, so schnell es ihm möglich ist, sich einmischt in ihren Spiegel schon, phantasiert, zu ihrem Bett vorstößt ohne Grund, die Wiederholung erzwingt, den zweiten Tag schon, ohne die Kraft zu haben, beiläufig zu sein. Atemlos wie ich bin, denkt er, kann ich mich nicht klein machen, nicht selbstverständlich die Euphorie des ersten Abends, als er glaubte, sie einfach nehmen zu können mit einer Lüge, ist vorbei, und je mehr er zögert, desto größer wird die Anstrengung, ein anderer als der Kranke zu sein, er hebt ein wenig die Hände, wie fragend. Doch Lenes Gedanken beachten das nicht, ziehen an ihm vorüber, vielleicht auch, weil sie sein im Spiegel gerahmtes Gesicht nicht sieht, klettern stattdessen dem Begehren nach, als wäre dies Stichwort und Ansatzpunkt, ohne daß sie sich an das, was er sagt, anders hielte als mit der Gewißheit, daß er ihrer Phantasie nicht gefährlich werden würde, bemerkt nur, daß seine Worte nichts beanspruchen, und begleitet sein Reden nicht weiter, kehrt ihm, dem Kranken, der ihr gegenübersitzt, den Rücken, gerade indem sie an ihn denkt. Was will ich von ihm, mehr als seinen Körper den Speichel seiner Phantasien, seine Nächte, die Nachmittage, an denen er es sich selber macht, es würde mich langweilen, wenn er mich stumm penetrierte, jetzt oder an irgendeinem Abend, in meinem Bett oder seinem, das will ich nicht, aber wenn er erzählte, sagte, tu dies, sag das, erregte mich das mehr als seine Lippen auf meiner Haut. Verwundert sieht sie auf seinen Mund, ohne zuzuhören, wie er sich für seinen unangekündigten Besuch zu entschuldigen beginnt. Er versteht ihren abwesenden Blick nicht, spricht, ohne Scheu jetzt, von seinen Schmerzen, dem Anfall heute, seiner Angst vor der Nacht, im Schlaf kommt der Infarkt, daß er überlege, nun doch nach Hause zu fahren, das geht nicht mehr lange so, sagt er, Lene setzt sich zu ihm aufs Sofa, der Schmerz, denkt sie, das ist es, wieviel jünger ich bin als er, ob man ihn nicht, wie etwas sehr altes, in der Hand wenden und umdrehen, von allen Seiten betrachten könnte, ihre Gedanken können sich nicht an das halten, was er sagt, als wäre er zu schwach dazu, schweigt schon wieder, sein Mund, der immer etwas feucht ist, ist ihr eigentlich zuwider, und doch wünscht sie, daß ihr Begehren eingelöst würde, daß mit ihr die Kette seines Erlebens auf irgendeine Weise abrisse, sie weiß nicht wie, daß sie absaugen könnte aus ihm, in sich aufnehmen, was er an Erinnerung und Lust in sich hat. Sag mir doch, sie lehnt sich zurück, hat die Fremdheit und den Zweifel vergessen, weiß, der Schmerz ist es, wo ich ihn treffe, so oder so, bittet ihn, in der Art des Spieles, bei dem man nach der Beschaffenheit eines, dem Blick des Mitspielers entzogenen, Gegenstandes fragt, sag mir, wie ist dein Schwanz. Lacht und hält sich den Mund mit der ganzen Hand, lacht wie ein Schulmädchen in seine Unsicherheit hinein, ihre Augen ernst. Und wie jetzt weiter, fragte ich mich, Sehnsucht, nichts sonst, aus den Augen, aus dem Mund, aus den Spitzen der Finger und aus den spitzen Augen, aus der weichen Ecke seines Mundes, dem Feuchten, wie weiter, ich rauchte und wartete, was er ihr entgegnen, was er jetzt tun wird, doch er sagt nichts, das Licht der Deckenlampe schlägt nach seinem Kopf, der Wand nach, an seinem Mund vorbei, atmender Mund, bleibender Mund, Mundwerk, Mundwort, er schweigt, an anderen Orten Küsse, denkt er, hilflos, ein Satz, immer wieder, weiter, an anderem Ort, küssen sie, einander, zucken und zittern wie Küsse die Münder, sprich Wort, denkt er, unverständlicher Satz, den ich sage, denkt er, da griff ich ein, hinein in Ludwigs Schweigen und Lenes Lachen, hielt es an, einfach so, wußte kaum, was ich tat, als bewegte ich nur nachdenklich die Lippen, hielt ich alles an, Doktor Tichtel lachte leise und sehr vergnügt, wie man ineinandergreifende Zahnräder auseinandernimmt, die Kupplung tritt, die Kraftquelle leerlaufen läßt, so daß die Zahnräder nicht mehr, wie Kommata nach entgleitenden Satzfetzen, greifen, wie bei einer Uhr auslaufen, die Bewegung sich verlangsamt, immer mehr, als hätte ich das Malteserkreuz des Filmprojektors vom Stift der Antriebswelle getrennt, löst sich der Raum auf, die Illusion von Tiefe verwischt, wie ein Satz, der sich zu einer Schleife schließt, wie der Laserkopf auf einer Festplatte, der sich im Root Directory verzettelt und im Kreis geht, wird alles zum Bild, flach wie der Spiegel im Schrank, nach dem Ludwig sich umsieht, der Raum in der Wand ohne Tiefe, nur Linien, alle Schatten verschwunden, die enthüllte Inversion, das Endes des Möbiusbandes, Satzzeichen in Lenes Augen, blaue und rote Linien, der Faden, der sich durch seinen Körper spinnt zu Herz und Hirn und Hand und Fuß, während ein Fingernagel seine Blutbahnen entlanggleitet ohne Ende, bis Doktor Tichtel murmelte, das reicht, und wieder Bewegung aufkommt wie Wind, der Stift wieder greift, das Malteserkreuz sich zu drehen beginnt, die Transportwalze die Perforation des Filmes faßt, Zahnräder tackernd ineinandergreifen, Kupplungsscheiben aneinander, einatmen, ausatmen, Satzzeichen tauchen auf im Fließen, es wird Tag und wieder Nacht und wieder Tag im Spiegel, die Sonne flitzt über den Himmel von einer Ecke des Rahmens zur anderen, in Peking ist Sonnenfinsternis, in Peking war Sonnenfinsternis, ein

Komma, kein Punkt, das Klappern der Syntax wird zu ruhigem Schnurren, Lenes Gesicht füllt sich mit Farbe, das Einzelbild wird unsichtbar, und ich fragte mich, als man von draußen Schritte, eine Stimme hört, Rosina hereinkommt, wo ist der Erzähler, der sagt, Rosina hat sanfte Augen, die nichts versprechen. Ludwig denkt an Cinecittà, während er betrachtet, wie sie auf Lene, die aufgestanden ist, einredet, bis diese, nun selbst laut und offensichtlich gut gelaunt, vergessen, was eben noch war, Ludwig mit Rosina bekanntmacht und ihm zu erklären versucht, was die Freundin sagt. Rosina hat Wein mitgebracht, Käse und Brot, eingelegte Zwiebeln, getrocknete Tomaten und Götterspeise mit Waldmeistergeschmack. Die Freundinnen setzen sich redend auf das Bett, Lene übersetzt Ludwig, was er nicht versteht, springt auf, holt Gläser, Teller, sie essen, Rosina, die kein Deutsch versteht, läßt mit ihren Blicken Lene nicht los, als ob sie den Sätzen auf ihre eigene Weise nachspürte, den Windungen des Redens zu folgen verstünde, ohne den Inhalt zu beachten. Ludwig trinkt und begreift weder, was Lene sagt, noch die Bewegung dieses Tages, der eben noch stillstand und begann, schweigend zu vereisen, und jetzt wieder so sehr Tempo aufnimmt, daß er den Bewegungen der Mädchen kaum folgen kann, sein Lächeln zu spät kommt, er immer wieder aus Lenes Blick abirrt zu Rosina, deren Zuhören das Schwanken des Abends ausgleicht, mehr erklärt als die Worte Lenes, mit einer seltsamen Aufregung denkt er immer wieder an das, was Lene sagte, als sie noch allein waren, sucht noch immer, als wäre es nur aufgeschoben, die Antwort, und ertappt sich gleichzeitig dabei, wie er sich im Beobachten von Rosinas Zusehen verlieren möchte, bis Rosina, er weiß nicht, wieviel Zeit vergangen ist, die Flasche leer, übergangslos aufsteht und auf italienisch Lene etwas zu erklären beginnt, Tanzschritte andeutend auf dem kleinen Rechteck Resopalfußboden zwischen Sofa und Bett, geschmeidige Bewegungen der Hüfte dicht vor Ludwigs Gesicht. Lene, die laut lachend Rosina zusieht, Ludwig eine neue Flasche Wein gibt, ihn bittet, sie zu öffnen, unter dem Bett eine Zeitung hervorholt, sagt zu Ludwig, man legt eine Zeitung unter, erklärt, während sie Rosina zusieht, ein Kinderspiel, lacht, man tanzt auf der Zeitung, steht auf, zieht Ludwig, der den Korkenzieher in der Flasche stecken läßt, diese schnell abstellt, vom Sofa hoch, komm, faßt ihn fest, preßt ihn an sich, beide auf der Zeitungsseite, die Rosina ausgebreitet hat, läßt den Blick nicht von der Freundin, die am Boden kniet und schmale Streifen Papier von der Zeitung abreißt, dabei laut lacht, Lene hält Ludwig und sich, sie beide aneinander, ihre Füße trippeln immer näher an Ludwig heran, um ihn herum auf dem kleiner werdenden Stück Papier, lachend, ihre Brüste drücken sich an ihn, und die Freundin kichert, reißt Stück für Stück ab, hält schließlich seine Knöchel fest, als er kaum mehr stehen kann. Rosina sagt etwas, lächelt Ludwig an dabei, daß er unwillkürlich nickt, Rosina geht jetzt, erklärt Lene, da ist sie schon aus der Tür. Was ist mit uns beiden, denkt Ludwig, während er einen Moment allein ist und sich, ohne zu überlegen, auf das Bett setzt. Dann kommt Lene zurück, und er folgt ihren zitternden, wie mit geschlosssenen Augen gesprochenen Worten, sie erzählt, er weiß nicht was, es ist nur, das wissen sie beide, damit die Zeit vergeht, ja doch, denkt Ludwig, wir warten, aber anders geht es nicht, und es ist gut, daß nichts geschieht, was er sagt, klingt müde, doch Lene versteht, daß er traurig ist. Im Wohnzimmer war es dunkel bis auf den matten, fernen Schein einer Straßenlaterne. Als ich aufstand und die Stehlampe anschaltete, schreckte Doktor Tichtel in ihrem Lichtkegel mit zögerlichem Lächeln aus seinen Gedanken auf. Laß nur, ich räume das weg, sagte er leise, als ich begann, das Frühstücksgeschirr zusammenzuräumen, und wünschte mir eine gute Nacht. Die Straße vor dem Laden hinauf sieht man in den alten Steinbruch, der selbst jetzt in der Nacht wie ein offenes Maul in den Hügeln über dem Ort liegt, gähnend zum Meer hin, das man, von der Straße aus, hinter dem Bahnhof vermutet. Sie gehen die Straße hinauf, er folgt ihr müde und hustend, einen Pfad durch niedriges Gesträuch bis an die Böschung der Gleisanlagen, gewundener Weg durch weißes Geröll und felsigen Schutt, Nebel liegt über dem Gras, die Gleise schimmern, kaum ein Ton ist zu hören vom Ort oder vom Meer, der Strand, als sie ihn erreichen, neblig und still bis weit über die Wellen. Das Rauschen des Blutes in seinen Ohren ist lauter als sonst, er bemerkt, daß er ein wenig stolpernd geht, doch schmerzfrei, denkt er triumphierend, vielleicht, daß es so bleibt, wenn ich nur hinter ihr herlaufe, lacht leise, ich bin betrunken, sagt er zu Lene, als wäre das eine Erklärung. Daß sie schweigt und nicht lacht, macht ihn unsicher, und dann wieder nicht, als sie weitergehen, es ist so, denkt er, es gibt nichts zu verlieren, tot bin ich häßlich in jedem Fall, bleibt manchmal stehen auf dem Rückweg in die Stadt, um auf das Geräusch des Wassers zu hören, das in dünnen kleinen Rinnsalen von den Hügeln herabläuft, über die Mauern der Häuser und auch über die Straße. Der Regen liegt noch in der Luft wie ein

Echo, doch so still, wie es nie im Sommer war. Sie sprechen nicht miteinander. Wenn sie stehenbleibt und auf ihn, der sehr langsam geht, wartet, sehen sie sich an, und Ludwig scheint es, als ob Lenes Augen, aus der Nähe besehen, so hell leuchteten, als wären sie leer, und hinter ihnen, hinter den Augäpfeln, erhöbe sich so etwas wie eine Grube, eine Vertiefung, die immer noch weiter zurückreichen will, zurückweichen vor seinem Blick. Ein spielendes, lächelndes Etwas, das sich selbst hinter sich vergräbt. Im Herbst beginnen die Gewitter immer oben in den Bergen, erklärt Lene, um überhaupt etwas zu sagen, und Ludwig erkundigt sich, er sieht dabei auf den Boden, damit sie sein Lächeln über dieses Spiel nicht bemerkt, wo denn die Wolken seien, wenn sie nicht da sind. Ich glaube, antwortet Lene, sie ziehen rund um die Erde regnend und schattig wie Schiffe langsam und träge übers Meer. Und sind es immer dieselben, will Ludwig wissen. Ja, sagt sie. Und dann, da fällt der Ton ihrer Stimme ein wenig, Ludwig hört auf zu lächeln, aber sie sagt es dennoch, obwohl es ihr peinlich ist und es sie ärgert, daß sie nicht weiterspielen kann, daß man den Gewitterwolken Namen geben müßte. Lene sieht zurück, sie stehen jetzt an einer der Mauern eines Olivenwaldes, hoch über dem Meer, und zeigt Ludwig die hellen Stellen am Horizont, an denen sich der Nebel hebt. Ludwig blinzelt. Jede Landschaft, in die man Vertrauen faßt, die Behagen für einen haben könnte, bleibt fremd, es bleibt nur die Hoffnung, einmal doch sich lächelnd in einem Ding spiegeln zu dürfen, sich einzufügen so sehr, daß man es, gerüstet, in den Himmel zu treiben vermöchte als Grund, auf dem, und sei es Hals über Kopf, Gehen möglich wäre, denkt er, träumend beinahe schon, und lacht dann leise ins Kissen, vorsichtig, und doch, die Erschütterung reicht, daß er glaubt, sein Kopf beginne im Kreis zu treiben, immer weiter, ihm wird schlecht davon, treibt um die eine Hand Lenes, die er in seiner hält, immer im Kreis über das glitschige Kissen, ohne mit dem Lachen aufzuhören, sie anzusehen, wie sie still daliegt, auf einen Arm gestützt, eine schwarze Silhouette im Fenster, die immer mehr verwischt ins beginnende Helle und zu einem Körper wird, als er lange eingeschlafen ist neben Lene, die noch eine Weile wachliegt, seine kalte Hand in der ihren, etwas spürt, von dem er nichts weiß und sie ihm nichts sagt. Ich belüge ihn, denkt sie, zieht ihre Hand aus seiner, etwas Kaltes ist es, sehr fein, so wie sich Spinnweben am Morgen kalt anfühlten, könnte man sie sich auf die Zunge legen, kommt es ihr in den Sinn, etwas hier im Raum, sie dreht sich zur Seite, zum Fenster hin, und es ist ihr, als sähe sie eine Bewegung, eine Gestalt in der schwarzen Ecke des Raumes, etwas wie hellen Stoff, weißen Frottee, für einen Moment aufleuchten, fast schon im Traum, denkt daran, Ludwig zu wecken, aber dann schläft sie ein.

30.

Vierundachtzig Uhr siebenundzwanzig,

achtundzwanzig, neunundzwanzig, die Uhr tat, als wäre das nichts Ungewöhnliches, vierundachtzig Uhr dreißig, ich sah dem Pulsieren der beiden Punkte zu, mit dem die Digitalanzeige das Verstreichen der Sekunden, die unsichtbaren Schwingungen des Quarzkristalls, simuliert. Ich lauschte nach Geräuschen meines Gastes, doch in der

Wohnung war es still, nach einem Traum, der von der Nacht hätte geblieben sein können, doch ich hatte so tief und traumlos geschlafen, daß die letzten Tage weit schienen, weggeschlafen, ich hoffte auf den heilsamen Schlaf, auf das Zerstieben der Gesichte, auf ein Ende, von dem aus sich alles als Phantasmagorie erweisen würde, die ich am Dienstag, morgen schon, dachte ich, Dr. Minks übergeben, aushändigen werde, der mit ruhiger Stimme eine Beobachtung nach der anderen als Einbildung ablösen wird von der Wirklichkeit, am Ende die Ruhe wieder, nichts wird geschehen sein, Ludwig aus Italien zurückkommen, braungebrannt, lachend in der Tür stehen und sagen, was guckst du denn so, als sähest du einen Toten. Doch das ist mißlungen, vielleicht, daß ich die falschen Wörter fand, man läßt sich blenden, schon durch das Leuchten der Wörter, die seltsam miteinander korrespondieren, ich mich nicht losmachte von den Verwandlungen, die alles ins Rollen brachten, erzählt, wer zählt, Wunde und Wunder, Stätte, statt, an wessen Statt entgeht man, geht man nach, geht man ein in die Geschichte, immer dem Faden entlang, dem blauen, dem roten. Ich dachte, ich käme zum guten Ende. Doch die Geschichte ist nur das Äußerliche, die Rinde, die Peripherie, die das Innere, das Monolog ist, umschließt, einen, der spricht, wenn man von außen hineinstößt, doch dann geht es tiefer, tiefer noch, nur mehr Wort, in unerträglichem Schwall zuerst und irrwitziger Verknüpfung, nicht mehr gebunden an den einen, der eben noch sprach, und dann, noch weiter innen, vereinzelt es sich immer mehr, ist ganz still, ist dem Schweigen aufgesetztes Wort, noch weiter zum Mittelpunkt nur mehr Name, egal welcher, und schließlich, ganz innen, im Punkt minimaler Ausdehnung, völlig schweigsam, eine blasse, wie ausgebleichte, schleierzarte Metapher, die selbst noch einen Mittelpunkt haben muß, der, könnte man hineinsehen, weiß sein müßte, einfach weißes Innere der Metapher, doch das kann man nicht sagen, kann nicht erkennen, ob dieses Innerste nicht vielleicht sogar leer ist, das ist Vermutung, und ich wußte von all dem nichts, als ich aufstand, mich anzog und zum Bäcker ging, immer die Geschichte entlang ohne mich umzusehen oder zu zögern, frische Brötchen zum Frühstück, dachte ich, Herbsthimmel grau verhangen, die Luft kühl und feucht, vielleicht hatte es am Morgen geregnet. Ich fühlte mich, als wäre ich einige Tage krank gewesen, ging mit weichen Knien, der Hals verschleimt und im Kopf ein ungewisses Gefühl, wie von einem Kloß, der in kaltem Wasser aufweichte, atmete tief, daß die frische Luft in mir brannte, Montag, die Uhr in der Bäckerei zeigte die wirkliche Zeit, elf Uhr dreißig, im Briefkasten die Telephonrechnung. Auf was wartete ich. Als ich Kaffee kochte, kam Doktor Tichtel in die Küche.

31.
Ohne Titel.

Ich gehe jetzt, ich muß weg, sagte Doktor Tichtel, nochmals, ich gehe jetzt. Ich drehte mich um nach ihm und überlegte, was das denn heißen könne, sah ihn an, durch ihn hindurch, als verstünde ich nicht, obwohl ich mir doch das Verschwinden der beiden gewünscht hatte, seit sie aus dem Buch gestiegen waren. Er gab mir die Hand, bedankte sich für meine Gastfreundschaft, zögerte einen Moment, ich solle mir keine Gedanken machen, es gehe vorbei, es sei nicht meine Schuld, und er werde tun, was in seinen Kräften stehe, um mir zu helfen. Ich verstand nicht, was er damit meinte, dachte immerzu daran, daß doch die Sache mit Ludwig nicht einfach abgebrochen werden könne, wie denn jetzt weiter, begleitete ihn hinaus auf den Flur, sagte, daß er so, im Bademantel, doch nicht aus dem Haus gehen könne, doch er schüttelte nur lächelnd den Kopf und zog, leise und sorgsam, die Wohnungstür von außen zu. Allein in der Wohnung, hatte ich zum erstenmal das Gefühl, daß selbstverständlich war, was geschah, unabänderlich, und spürte wie ein leises Säuseln den beginnenden Sog.

32.
Und er,

überlegte ich, alleingelassen beim Frühstück, das Klirren des Messers auf dem Teller setzte sich in den anderen Räumen fort, alle Türen offen, Zuflucht suchend bei ihm, auch er entgeht dem Tag nicht, Lene ist schon wach, sitzt auf dem Sofa in T-Shirt und Slip, es ist beinahe Mittag, sagt sie leise, und nach einer Weile, in der sie ihn ansieht, hustet Ludwig, öffnet die Augen, dreht sich um nach ihr und greift nach den Zigaretten auf dem Nachttisch, Träume noch im Kopf, sieht ihr zu, wie sie, ein Bein unter den Körper gezogen und den Fuß des anderen auf die Lehne gestützt, auf dem Knie einen kleinen Taschenspiegel balancierend, ihr Gesicht untersucht und mit den Fingernägeln Pickel auf der Nase und unter dem linken Auge ausdrückt. Ihr Mund ist groß und weich dabei, und wenn sie Partien ihrer Haut verzieht, um sie im Spiegel in den Blick zu bekommen, vergißt sie ihre Lippen, die, ungesehen, auf eine fremde Weise lächeln, belegt mit grünem Schimmer vom leuchtenden Vorhang her, vom Licht, das aus dem Hinterhof weiß hereinbricht, dünne, scharfe Streifen durch die Ritzen an den Seiten des Vorhangs, in breiter Front ist alles grün und kühl, als füllte tiefes Wasser den Raum und überzöge Lene mit Grünspan, der in den Schatten ihrer Achseln leuchtet. Ich wußte, die Angst vor dem Schmerz in seiner Brust hat die ganze Nacht nicht aufgehört, schlechte Träume, es ist schwül im Zimmer, und er bittet Lene, das Fenster zu öffnen. Gern hätte ich, als sie sich auf dem Sofa umdreht, die Bewegung gestoppt, mit der sie kniend die Fensterflügel weiter aufzieht, den Vorhang wieder darüberfallen läßt, so daß die Helle verschwindet nach kurzem, grellem Leuchten, doch hatte ich Angst vor dem Innehalten, meine beiden Gäste schon vergessen, dachte nur, weiter, bis morgen, bis morgen noch, dann erzähle ich es Dr. Minks, machte weiter, konnte das Träumen nicht anhalten, die Ansichten, die Ludwig vorwärtsstießen, dem Tod zu, trieb das Spiel weiter, auch wenn mir keiner mehr zuhörte, noch immer liegt er da, den Kopf im Arm, schaut sie an und lächelt. Als hätte er sie gerufen, kommt sie vom Sofa herüber zu ihm, ihre nackten Füße kleben schweißig am Resopalboden, lösen sich geräuschvoll bei jedem Schritt, bleibt stehen vor dem Bett, er nimmt ihre Hand, zieht sie herunter zu sich, sie läßt es geschehen, teilnahmslos, so wie sie ihm zuhört, nur ihren Kopf wirft sie ein wenig nach hinten, als suchte ein Muskel Widerwort. Ludwig rückt beiseite, lehnt sich an die Wand, und sie setzt sich, streicht sich sorgfältig mit dem Mittelfinger über die Lippen, das Haar aus dem Gesicht, die anderen Finger der Hand, starr wie Insektenbeine, legen sich schließlich zusammen, und sie stützt ihren Kopf hinein, schaut Ludwig an, bis sie, als hörte sie auf einen Einwand, für einen Moment zum Fenster hinübersieht, zum Vorhang, der sich im Luftzug bauscht. Dann legt sie seine weiche Brust in ihre Hand, wundert sich, wie weich, nimmt die Brustwarze zwischen zwei Finger, die fest wird so schnell, daß sie sie losläßt, ihre Hand abrutscht, über den Bauch schlittert, nicht zärtlich, gedankenlos, als spürte sie seine Haut nicht mit den Fingerkuppen, sondern mit den Augen. Ludwig liegt still unter ihrer Hand, die sich jetzt, als wüßte sie nicht weiter, tief in der Decke, die weit und faltig über seinen Beinen liegt, vergräbt, sehr tief unter dem Geräusch seines Atems, das in der Luft hängt. Doch als sie ihn ansehen will, geht sein Blick an ihr vorbei zum Fenster, grüne Lichtreflexe im Weiß seiner Pupillen, sie zögert, und sein Atem hält inne für den Moment, in dem ihre Hand bewegungslos und schwer auf der Decke liegt. Er schließt die Augen und öffnet die Schenkel, schweigend, mit starrem Gesicht, Schweiß in der Falte unter dem Kinn, drängt gegen ihr Zögern, das sich immer weiter dehnt, ich unruhig wurde darüber, meine Hand über den rauhen Stoff der Sessellehne schrammte, heiß in der Handinnenfläche, worauf wartet sie, ich wollte nicht länger zusehen müssen, wie mein Bruder daliegt, an die kalte Wand gelehnt, die Decke bis zum Bauchnabel gerutscht, unfähig, seine Bitte zurückzunehmen, wie auch, und nicht sieht, wie sie ins Leere starrt, als zöge man an ihren Augen mit irgendwelchen Gedanken, wie sie schließlich ihre Hand ansieht, sich mit der Zunge über die Oberlippe leckt, so schnell, daß es mich blendete wie die Lichtstreifen, die von Zeit zu Zeit, wenn der zitternde Vorhang bauscht und den Tag freigibt, herüberblitzen vom Fenster, schmerzhaft wie ihr Zögern. Ich wünschte, meine Augen in ihrem Schoß zu begraben, stellte meine Kaffeetasse ab und öffnete meine Jeans. Da füllt sich sein Mund über ihr Zögern hinweg mit einem Kuß wie im Sprung, wächst über ihr Innehalten hinaus, stößt doppelzüngig zitternd blind in die Luft und schwer gegen ihre Hand, die wie aufgeschreckt unter die Decke gleitet, den Bauch hinab, schnell weiter, und, als hielte sie sich fest im Flug, seinen Schwanz umfaßt. Lene spürt das Pulsieren unter der weichen, gespannten Haut in ihrer Hand, ich tat es ihr nach, ohne den Blick von ihr zu nehmen, als sie die Decke wegzieht, sich zusieht, wie sie gedankenlos über seine Oberschenkel streicht, nur kurz, als müßte sie sich beeilen, über die weiche Haut seiner Hoden, seinen Schwanz wieder umgreift mit einer hastigen Bewegung, als befürchtete sie, seinem Blick zu begegnen, wenn sie nicht schnell mache. Sie spürt, wie sein Pulsieren sich fortsetzt in ihr, seine Feuchte in ihrer Hand in den Traum treibt, den ihre Finger träumen, unter den schweigenden Mündern hindurch, fester, geschlossenen Auges, ungelenk, stolpernd wie Kinder mit langen, dünnen Beinen gehen, preßt sie ihn, daß es mich schmerzte beim Zusehen, lauschend darauf, wie es immer mehr wird in ihm, ein Flüstern von ihm ausgeht, das auch sie erfaßt. Wie ein verlorenes Wort fließt es in ihre Hand. Sie läßt ihn los und lacht, daß ich schon befürchtete, gleich rufe sie fertig, gewonnen, Erster, doch Ludwig zieht sie herunter zu sich, die Angst steigt wieder seine Arme hoch, auch in die Augen, und hört erst auf, als sie bei ihm liegt, den Kopf in seiner linken Achsel, die unterhöhlt ist und brüchig vom Schmerz. Vor dem offenen Fenster bauscht sich der Vorhang, die grünen Reflexe auf den Pupillen der beiden setzen sich fort, auch noch, als ich wegsah, mich an die andere zu erinnern versuchte, bei der ich nicht Zuschauer gewesen war, ihr Flüstern, ihre Haut, aber die Erinnerung blieb unklar, die Bilder wurden undeutlich, flohen, als ich mir ihre Hände um meinen Arsch vorstellen wollte, doch die Irritation, meine eigene Phantasie nicht kontrollieren zu können, vergrößerte meine Lust noch, ich ahnte, es war zu spät, nichts war mehr voneinander zu trennen, auch nicht meine eigene Lust von der Ludwigs, der immer schneller stürzt, mich mitzog, ich streichelte mich heftig, während der Körper der französischen Freundin Doktor Tichtels vor meinen Blicken zurückwich, mich nach sich zog, und sich, gerade als ich kam, vor den grünen Vorhang schob, über Ludwig stülpte, sein Gesicht mit ihrem Körper verdeckte, die Zeit ein weicher Mund. Nur langsam, die Hose in den Kniekehlen, fand ich in die Wohnung zurück, die schien, als wäre nichts gewesen, wie am Freitag, als ich durch die Tür gekommen war, vor mir der dunkle Flur mit dem großen Schrank, die Bücher, die Küche, hinter mir im Fenster die Bäume, mit jener Festigkeit, in der keine Spuren blieben, unbeteiligt gingen die Wände über das Geschehen des Wochenendes hinweg, doch ihre Verläßlichkeit, auch wenn ich mich ihrer vergewissern konnte, würde, wußte ich, mir keine Hilfe sein gegen den Sog der Zeit. Das Sperma an meinen Fingern wurde kalt, die Auswirkungen von Ludwigs Geschichte ließen sich nicht mehr leugnen, die Konturen der Dinge waren keine Rückversicherung, ihr Zittern haftete hinter meinen Augen, das, was kommen würde, war das Ergebnis der unerlaubten Annäherung, die ich mir am Freitag noch so sehr gewünscht hatte, daß ich am liebsten teilgehabt hätte, eingegangen wäre in Ludwigs Geschichte, die mich jetzt einholte, immer stärker spürte ich Ludwigs Angst vor dem Schmerz, ohne sie in mir fassen zu können. Die Wohnung zu still, die Decke zu tief, um aufzustehen, der Sessel zu groß, die Stille wie etwas Weiches, das langsam erstarrte, ich in ihr, warmer Gips, der hart wurde, spröde, nicht einmal in den Gelenken blieb Platz zur Bewegung, wenn ich atmete, splitterte es, einzelne Strähnen der Stille zersprangen, doch es hielt mich, mein Atmen wurde flacher, immer enger legte die Stille sich um mich, hell und weiß, blendend eng, als wollte sie mich hinausdrücken aus dem Raum, als begänne der Raum zu würgen, kotzte mich aus, wenn ich mich bewegte. Ich zwang mich, daran zu denken, daß es nicht meine Angst sei, die ich spürte, daß es vorübergehen werde, doch die Angst sah hinter das Denken, drückte das Blut aus dem Kopf, Schwindel, Kopfschmerzen irgendwo links und in der Mitte, ich kenne das, sagte ich laut, Schweißausbrüche, Herzklopfen, das gehört meinem Bruder, versuchte, ruhig zu atmen, ganz ruhig, es bleibt genügend Platz, bleibt schon noch genug, ruhig, und ruhig atmete ich das ganze Zimmer leer, ruhig die ganze Leere in meinen Hals, dahin, wo das Herz, der Leere entgegen, pochte, den Hals herauf, atmete ich im Takt der pulsierenden Flüssigkristallanzeige meiner Uhr, bis mir der Hals zu vereisen schien, trocken wurde vor Kälte, ich husten mußte und die Stille eiskalt in den Kopf schwappte, die Angst scherte sich nicht darum, ob sie Ludwigs Angst war, sie machte sich zu meiner, mir zu eigen, muß ruhig atmen, man darf nicht aufhören zu reden, man darf nicht aufhören zu denken, man darf nicht still werden, ungeheuer langsam gelang es mir, mich von Ludwigs Angst zu lösen, mich loszumachen, doch jetzt, wußte ich, trieb ich, trieb ab, unerreichbar, aus meiner Zeit beinahe schon hinaus, es schien, als rissen die Blicke wie Taue von den Dingen los, die unbeteiligt blieben, jetzt trieb ich, Gewimmer manchmal, manchmal Schreien, die Angst, daß da Pausen sein könnten, ist unbegründet, redete ich mir ein, doch es ist fast still, ich höre meinen Schritten zu, da öffnet sich ein Fenster, ein Mann beginnt zu sprechen, nur Satzfetzen verständlich, eine Frau redet woanders, in die Nacht hinaus, ein weiteres Fenster öffnet sich, mehrere Stimmen gleichzeitig, mit einemmal ist die Luft voll davon, im Licht der Ampeln Gewisper und Gerede, Autos stehen auf der Straße, die Fahrer neben der Tür, sprechend, überall, anfallartig, eine Entladung, ein Anfall der Rede, in den Auslagen der Elektrogeschäfte und Hifiläden beginnen die Fernseher zu glimmen, die Bilder vergangener Reden hervorzuholen, Gesichter bewegen stumm die Lippen, über die Bildschirme ausgestellter Textverarbeitungssysteme fließen Ströme von Texten Zeile um Zeile, grün und bernsteinfarben, und ich bin eingespeist in diesen Pool, eingeflossen, Teil des Plapperns der Wörter, aufgelöst im Geknister, im Leuchten der Dioden, sinnlos in der einen Rede, die überall pulsiert, immer vorhanden wie mein Atem, ruhig, dachte ich und spürte, wie die Angst mich wieder losließ, der Schmerz abnahm, ohne daß mir davon der Schweiß wieder ausbrach, hörte ich auf die Ruhe, mit der sich die Angst legte, langsam und vorsichtig. Es war kühler geworden. Es hatte begonnen zu regnen. Ich konnte aufstehen. Niemand sah sich jetzt mehr um nach dem, was ich dachte. Ob sich dort, wohin alles trieb, an die Wörter nichts heftet, überlegte ich, sie zur Angst nicht taugen, frei bleiben, man sie vergessen kann, wenn nötig, und sich ihrer erinnern durch Zufall, ob sie dort keine Farbe haben, taub sind, Nüsse, die keine Angst knackt, unfruchtbar, zu nichts nutze, nichts auf ihnen wächst, ob ich sie werde halten können, mich auf ihnen, fragte ich mich, und niemand, nicht einmal die Dinge, folgten mir nach, als ich durch die Wohnung ging. Die Angst hing nicht mehr an den Bildern, doch ich wußte, ich trieb, Sätze in meinem Kopf, Lene, flüstert Ludwig, woran denkst du.

33.
Auf und davon.

An nichts. Sie sieht in den Himmel, ahnungslos selbstvergessen, unverhofft einfach, denkt er, blindlings, nicht fragen, nur weiter, unwiderstehliche Ahnung deiner herrschaftlich zufriedenen Haut, wie es ausgeht, zu welchem Ende hinaus, weiß ich ja, nichts ist da, was sich bewahren ließe, nur dein Gang, das Schweigen deiner Hüfte, windstiller Takt, in dem ich hänge, während sie aufsteht, ein frisches T-Shirt aus dem Schrank nimmt, den Rock vom Sofa, sich anzieht, sag mal, sagt, über die Schulter hinweg, ihn fragt, was er die nächsten Tage vorhabe, und ihm erklärt, ohne seine Antwort abzuwarten, sie müsse für einige Tage nach Triest, Vorbereitungen für die Uni, habe zwar noch Semesterferien, komme auch am Wochenende schon wieder, aber, sie weiß, die Idee ist ihr gerade erst gekommen, sie hat plötzlich Angst, denkt, nur schnell weg, zieht sich das T-Shirt über den Kopf, und für Momente prägt sich ihm, der ihr unverwandt zusieht und nicht glauben kann, daß sie ihn jetzt schon wieder allein lassen will, das Bild ihrer Brüste ein, aber, wiederholt sie, du könntest doch mitfahren, da verebbt ihr der Satz, sie meidet seinen Blick, schweigt, beginnt noch einmal, wir könnten uns auf der Rückfahrt ja Venedig ansehen, warst du schon in Venedig, jener seltsame Schatten, den sie in der Nacht in einer Zimmerecke, im Dunkel hinter dem Sofa, bemerkt zu haben glaubt, ihre Angst vor dem halbwachen, wie phosphoreszierenden Leuchten des weißen Stoffes im Dunkel ist ihr wieder eingefallen, Venedig nur Ausrede, ich will nicht ohne ihn sein, das ist alles, beschwichtigt sie sich, geht zögernd nochmals zum Schrank und nimmt, widerwillig, Strümpfe und Strumpfhalter aus der untersten Schublade, streift sich den schwarzen Nylonstoff über die Beine, befestigt den Straps, ohne den Rock auszuziehen, denkt an das, was der Alte sagte, für alle Fälle gerüstet, denkt sie, an Flucht, die Waffen einer Frau, und muß lächeln. Vielleicht, sagt Ludwig, ist dort die Luft besser, der Tag ist so schwül. Rosina, erklärt Lene schnell, leiht mir ihr Auto. Der Fahrtwind wird gut tun, sagt er, ich komme gern mit, aber willst du denn das überhaupt, mich, da steht sie schon in der Tür, schnell, denkt sie, bevor es einer bemerkt, dann los, ich hole nur das Auto, bin gleich wieder da, sie kommt ans Bett, küßt ihn kurz und fest auf den Mund, frühstücken können wir unterwegs, es ist schon ein Uhr. Ein Uhr also, dachte ich, noch immer zeigte meine Uhr unverständliche Zahlen, fünfundachtzig und drei, doch zum erstenmal schien es mir, als verberge sie ein eigenes Maß. Lenes Geruch verliert sich nur zögerlich im Raum, während er sich anzieht, ist noch da, als er die Autohupe hört, so einfach, denkt er, könnte es sein, reichte nur der Atem weiter als das Lachen, oder wenn das Lachen wenigstens bliebe, das wäre doch was, schließt die Tür, geht durch den Laden, winkt, als er aus dem Haus kommt, wenn man mich so sieht, das ist albern, denkt er, albern, natürlich sieht man mich, Lene weiß nicht, was es bedeutet, daß Ludwig lächelnd auf das Auto zukommt, als entschuldigte er sich. Sie halten noch einmal, Ludwig packt, was er gerade findet, bemerkt mein Telegramm nicht, das unter der Tür klemmt und das er beim Öffnen zur Wand schiebt, doch ich wußte längst, daß sich nichts mehr ändern ließ. Als er wieder im Auto sitzt, geht sein Atem schwer, die Treppen, er fühlt den Schweiß kalt im Gesicht, benutzt das Nitrospray, versucht ein Lächeln, warum haben wir es eigentlich so eilig, und als Lene anfährt, legt er, nur um zu sehen, was geschieht, seine Hand auf ihren Oberschenkel. Für einen Moment huscht ihr lächelnder Blick herüber zu ihm. Dann sind sie schon vor der Zahlstelle am Autobahnzubringer, Autostradale Imperia Ovest liest er, kurbelt das Fenster herunter und hält das Gesicht in den Wind, noch immer fühlt er sich wie betrunken, aber das Atmen wird leichter, der Himmel ist tief verhangen in den Bergen über ihnen, Oneglia rechter Hand, darunter das Meer, die Sicht unterbrochen durch Tunnel, orangenes Neonlicht, dann wieder Meer, die Küste entlang ohne Zeit, endlich ohne Zeit, denkt Ludwig, weiß nicht, ob er geschlafen hat, als Lene, das ist Genua, sagt, der Blick sich noch einmal öffnet zum Meer, das letzte, was er sieht, ineinandergeschoben wie Kulissen, große Schiffe längsseits zur Stadt, dann läßt die Autobahn vom Meer ab, die Berge hinauf, Lene schaltet das Radio an, macht es wieder aus, er spürt die Kurven, drückt den Kopf in den Sitz, Piacenza, sagt Lene, dann geht es wieder bergab, doch, er ist damit einverstanden, von der Autobahn abzufahren, ich habe ja Zeit, sagt er lachend, ich dachte, du hättest es so eilig, wo sind wir jetzt, in der Poebene, kurz vor Cremona, der Lombardei, dann halten sie an der Zahlstelle, und von der Stadt bleibt nicht mehr als der Eindruck einer staubigen Straße. Wieder die Ebene, Weizenfelder, Mais, Kühe, Pappeln, Genua, Piacenza, Cremona, denkt Ludwig, Ocker, getürmt, Fenster, Ampel, am Ziel sein, Ankunft, Erscheinungen im Kreuzgang der Straßen, kreisender Blick, Verharren ist verräterischer Kuß, fleischgewordener Stein, Galle, Fischmarkt, übers Ziel hinaus, kein schöner Land, Tor zur Welt, Check-in, die Freiheit der Nebenstraßen, die sich schnurgerade unter Pappeln in der Ebene verlieren und wie Flüsse münden im Flirren der Luft, Maisfelder, unterbrochen von kleinen Orten, die an der Straße kleben, sich an sie klammern, ein Staubstreifen klafft zwischen allem, es mangelt nicht an Platz, das Land ist sumpfig und feucht, Ludwigs Augen stumpfen ab, er blinzelt, nur Bewegung, er schaut und vergißt, wonach er sich umsieht, innehaltend, als wären Nervenenden aufgerauht, bloßgelegt, spitz, den Augen Schauen Anstrengung, als riebe sich das Gesehene an ihnen, er sieht und vergißt die Städte, wiederholt sich die Namen, und Lene nickt, Kaffee an einer

Tankstelle in einem Dorf, das unerwartet in der planen Fläche auftaucht, er weiß nichts zu sagen, nimmt seine Tablette mit Wasser, dann gehen sie zurück zum Wagen, das Licht beginnt schon kühler zu werden auf der Haut, Schatten in den Winkeln, als sie weiterfahren, bricht der Ort mit Blicken und Augen auf, werden Gesichter zerstört, die Gleichförmigkeit im Vorbeifahren zerrissen, stechender Schmerz im plötzlichen Anblick einer Mundecke aus der Nähe, und der Wunsch, in einem Gesicht, im Schwung einer Augenbraue, Erstaunen, auszuruhen für länger, bleibt totes Gefühl, wie alle Ansicht, alles Betrachten, schmerzlich, da sind sie am Ortsschild vorbei, Pappeln fliegen vorüber mit einem scharfen Ton, unter dem das Geräusch des Regens vor dem Fenster anschwoll, das Wasser in den Regenrinnen, besonders in denen, die auf der Gartenseite des Hauses neben den Fenstern verlaufen, klang metallen, wie man es nur zu Beginn des Herbstes wahrnimmt, bevor der Regen zu den Geräuschen des Tages gehört. Ich saß im Sessel, es dunkelte an jenem Montag unter dem grauen Himmel die ganze Zeit über, kühle Schatten ohne Umrisse lagen auf allem, ich sah, die Sonne stand schon tief, hätte sonst dem Sog, der an mir zerrte, als jagte ich jenem blauen Fiat Ritmo hinterher, in dem Ludwig und Lene durch die Poebene fahren, nichts entgegenzusetzen gehabt, hätte mich damit abgefunden, schnell in die Nacht zu schlittern, immer weniger widerstand der Geschichte, je länger sie dauerte, der Regen fiel schwer in kleinen Wellen die Röhren hinab, stürzte unten als plätschernder Guß dann, in wechselnder Menge, stoßartig auf die Steine, wusch Blätter und Dreck wie immer zu Beginn des Herbstes vom Dach mit Geräuschen, die klangen, als schriebe einer auf Papier, die zuckende Hand hörte man, auf und ab, Haken und Bögen, das Kratzen der Feder und die Stille, wenn der Strich aufhört, gleich wieder, gierig, aufs nächste Wort zuläuft, in Schauern wie der Regen, zischend und gurgelnd, doch ich wischte die sich zusammenfügenden Wörter im Kopf beiseite, weg, was sich heraufspülte und abtropfte, tat so, als wüßte ich von nichts, trank Wein und sah über den Rand des Glases auf die nassen Scheiben, obwohl ich doch Mitwisser war, spürte, wie sich die Wörter aufplusterten, sich räkelten wie unwillige Tiere immer lauter und unruhiger, daß er schon längst ihren Atem an seinen Knöcheln spüren müßte, im Nacken das Gefühl, daß da etwas ist, mehr als der Schmerz. Doch Ludwig sieht den Pappeln nach, die vorbeihuschen, sagt, Bäume, Bäume werden so alt, daß man meinen könnte, sie wüchsen immer weiter, wenn man sie nicht fällte oder der Blitz sie nicht träfe. Lene schüttelt den Kopf, Pappeln nicht, Pappeln werden nicht sehr alt, wachsen schnell, da kann man zusehen, sind zerbrechlich, der Wind knickt sie, ich weiß, Weichholz, denkt Ludwig und erzählt ihr, wie es ihn überrascht habe, als er erfuhr, daß auch Bäume, das habe er als Kind lange nicht gewußt, habe nie daran gedacht, verdorren, die seien gewachsen, ohne daß er es bemerkt hätte, im selben Zeitmaß wie er. Wie alt war ich, fragt er sich, als ich überrascht an einer Stelle stand, an der ich lange nicht vorbeigekommen war, und mich zu erinnern versuchte an die erste eigene Vergangenheit. Etwas war plötzlich anders und doch gleich, ich mir selbst, die Zeit noch zu kurz, Äste und Blätter grüne Flecken vor dem Licht, Stämme hinter Stämmen, einfach Baum, ohne Zeit, wie ich, das war anders als die Bewegung der Äste im Wind, der fallenden Blätter, der Rinde, die man abbrechen konnte, war wie ich selbst. Nie hätte ich gedacht, blinder Fleck, Bäume könnten aufhören dazusein, sagt er, fragt, soll ich fahren, Lene reibt sich den Nacken mit der linken Hand, gleich, sie tauschen hinter Padua die Plätze. Ludwig fährt auf die Autobahn, schaltet das Licht ein, dann sind sie schon an Mestre vorbei, dahinter ist Venedig, sagt Lene, die nackten Füße gegen das Handschuhfach gestemmt, den Kopf zur Seite, Ludwig sieht, daß ihr Gesicht im Dämmerlicht des Wagens undeutlich zu werden beginnt, er schaltet in den fünften Gang, der Fiat scheint die kurvenarme und nahezu hügellose Autobahn durch die venezianische Ebene allein zu fahren, in die Nacht hinein, bis ein Baustellenschild auftaucht, noch tausend Meter, Ludwig schaltet herunter in den vierten Gang, Vorsicht Baustelle, hundertzwanzig Kilometer pro Stunde vorgeschriebene Höchstgeschwindigkeit, zweihundertfünfzig Meter, Pfeile bereiten darauf vor, daß die beiden Fahrspuren links an der Baustelle vorbeigeleitet werden, auf die Fahrbahn des Gegenverkehrs wechseln, die linke Spur verengt auf zwei Meter, Überholen, außer von Lastkraftwagen, ist verboten, grellgelbe Lampen über einer weiteren Geschwindigkeitsbegrenzung, hundert, dann achtzig, sechzig Kilometer pro Stunde, Lene ist eingeschlafen, ihr Gesicht flackert gelb, die kleinen Fahrbahnmarkierungen glitzern im Scheinwerferlicht, als liefen sie in der Kurve zusammen, führen an den rotweißgestreiften Abgrenzungen vorbei, gelbe Blinklichter dahinter, fast im Dunkel, Baumaschinen, Schutthaufen, auf der rechten Spur ein Lastkraftwagen, den Ludwig überholt, Bodenwellen, dann verschwinden die rotweißen Abgrenzungen, die gelben Lichter, ein Schild weist auf die weiterhin bestehende Geschwindigkeitsbegrenzung von achtzig Kilometern pro Stunde hin, die Länge der Baustelle beträgt zweikommafünf Kilometer, schweißige Hände, da kommt er sich entgegen, erkennt sich sofort, kein Auto auf der Gegenspur außer seinem, der blaue Ritmo, am Steuer er selbst. Schlecht nur vorstellbar die Verlockung, die darin liegt, sich zu treffen, ich nahm den Finger von der gelborangenen Linie, auf der ich den beiden die ganze Zeit gefolgt war, sah von der Karte hoch, die vor mir auf dem Boden ausgebreitet lag, Mantua, Hauptstadt der Provinz, 67 000 Einwohner, gewaltiges Schloß, hatte den ADAC zwischendurch schnell angerufen, wie weit ist es von Imperia nach Triest, 740 Kilometer, vielen Dank, Padua, 234 200 Einwohner, ebenfalls Provinzhauptstadt, Grab des heiligen Antonius, Basilika und so weiter, hatte kaum Zeit gehabt, aufzusehen und Ludwigs Blick zu folgen, auf seiner Flucht, so schnell war das gegangen, durch die ganze Terra Ferma, und jetzt kommt er sich plötzlich in voller Fahrt entgegen, fragt sich, während Lene noch immer schläft, nichts bemerkt, was heißt das, sich zu treffen, sich nachzugeben, auf sich selbst zuzusteuern, es bedürfte nur einer Zuckung des Lenkrades, was sind schon die weißen Linien, die Fahrbahnmarkierungen, er zögert, ob er den Wagen abbremsen und anhalten soll in der Hoffnung, daß der gegenüber dasselbe tut, oder das Steuer herumreißen, auf den anderen zu, auf sich, daß er sich träfe auf der Geraden, die entstünde, die Hände vor das Gesicht schlagen, oder den Rückspiegel zu sich hindrehen mit beiden Händen, daß er sich sähe, überlegt er, kann sich nicht entscheiden, da ist der Wagen schon vorüber, und er selbst fährt in eine Senke hinab, wieder hinauf, über eine Kuppe hinweg, an den grellgelben Warnleuchten vorbei, den rotweißen Absperrungen, Ende der Baustelle, Dunkel nach all den Lichtern, Aufhebung aller Streckenverbote, er beschleunigt und schaltet in den fünften Gang. Seine Hände sind wieder trocken und kühl, er spürt auf den Augen das Blinken noch und bemerkt, als er in den Rückspiegel schaut, zuerst nicht, daß die Dunkelheit zu einheitlich ist, alle Lichter verschwunden, nichts mehr, denkt, das ist die Straße, die ihm in den Spiegel fällt, Einfallswinkel, Ausfallswinkel, doch es bleibt erloschen hinter ihm, auch als die Straße wieder eben verläuft, kein Schimmer nassen Asphaltes, kein Mittelstreifen, keine Randpfosten, kein Lichtreflex seiner roten Rücklichter, so lange er auch zurückschaut in das monochrome Dunkel, das sich hinter ihm nicht verändert, als wäre eine Schallmauer durchbrochen, sein Blick nach hinten abgerissen, bis er schließlich den tauben Rückspiegel herüberzieht zu sich, hält das Lenkrad mit einer Hand und sieht sich selbst in die Augen. Bin übers Ziel hinaus, bin längst zu weit, alles bleibt zurück, er spürt es, dachte ich, sah mich um im dunklen Zimmer, so könnte sein, was uns beiden geschah. Und Lene schläft, als wäre nichts, wacht auch nicht auf, als Ludwig an der nächsten Ausfahrt die Autobahn verläßt, bei Palmanova die hell erleuchtete Zahlstelle passiert, auf einer Landstraße dem Hinweisschild zum Meer nachfährt, ohne daß er wüßte, warum, Haken schlagen, falsche Fährten, denkt er, mehr als der Schmerz ist es die Angst vor ihm, die Angst vor der endgültigen Beklemmung, die das Herz umfaßt und den Kopf gleich mit, über der Haut liegt und unter sie geht, in die Augen, keine Faust, die sich um einen schließt, kein Schraubstock, in den das Herz gepreßt würde, verstehst du, murmelt er, zur Schlafenden hin, das ist es nicht, ist vielleicht am meisten noch wie die Angst vor der Zeit, doch die Zeit ist schmerzfrei, bei vollem Bewußtsein sieht man ihr zu, überlegt er, der Wagen holpert über Flickwerk aus Asphalt, sie kommen durch einen kleinen Ort, dann wieder Landstraße, endlich erwacht Lene vom Rütteln und er hält an einer Kreuzung zwischen Wiesen und einem kleinen Wald. Pinien, denkt er. Die Schatten heben sich schwarz gegen den dunkelblauen Himmel ab, als er die Scheinwerfer ausschaltet, die Luft überrascht ihn, die Stille, die Geräusche der Landschaft, die über dem Boden stehen, Lene reibt sich die Augen, wo sind wir denn, fragt sie verwundert, er läßt das Fernlicht kurz aufleuchten, fünfzehn Kilometer bis Monfalcone, liest er das Hinweisschild vor, steigt dann aus, Insekten, Knacken und Rascheln, Fließen von Wasser, die Wiese scheint, nach der langen Fahrt, weich unter den Schuhen, Wasser unter den Wurzeln und Halmen, seichtes Fließen, unmerkliches Schwanken, nur nicht ankommen. Er schließt die Augen, hört auf die Geräusche des Sumpfes, die Zeit vergeht, und als er um das Auto herumgeht, sitzt sie auf einem Stein neben der Straße mit Taschenlampe und Karte, sagt, es ist nicht weit bis Duino, laß mich wieder fahren, sie steigen ein, und Lene nimmt die Abzweigung nach Monfalcone.

34.
Atempause.

Es ließ von mir ab, als erwachte ich, hätte plötzlich wieder meine eigene Zeit, doch nur einen Moment lang trieb ich nicht weiter, so, wie sich ein Stück Holz eine Weile im Ufergras verfängt, still liegt, sich ganz langsam nur um sich selbst dreht, bevor es weitertreibt. Ich wußte, ich mußte die Zeit umgehen, doch wie sollte ich das lautlose, rhythmische Pulsieren der Flüssigkristallanzeige übersehen, jene Aussage der Ziffern, die der Geschichte ihren Takt gab, der, auch wenn er falsch war, dennoch eine seltsame Richtigkeit besaß, wie auch Ludwigs Schmerz falsch ist und doch untilgbar, wahr, weil er geschieht. Ich dachte an die Situationen der letzten Tage, in denen es mir gelungen war, einzugreifen, für Momente zwar nur, die Zeit anzuhalten, in die Geschichte zu gelangen, hinein in Ludwigs Präsens, gestern im Park, im Laden von Rosinas Großvater, dachte an das Gespräch mit ihr, als ich glaubte, es sei mir gelungen, sie zu übertrumpfen, ich hatte mich so sicher gefühlt plötzlich, obwohl die Dinge da schon längst begonnen hatten, von mir abzurücken. Es war nicht aufzuhalten, wie Anfälle einer Krankheit, die kurz vor dem Ausbruch stand, erschienen mir jetzt die unbegreiflichen Erlebnisse der letzten Tage, das Erwachen mit jenem seltsamen Echo um die Dinge, meine Ohnmacht gestern, das Erscheinen der beiden Gestalten schließlich, das ich so gleichgültig hingenommen hatte, als ob schon die Apathie des Fiebers in mir gewesen wäre, von langer Hand vorbereitet, war ich, wohlpräpariert, in die Falle geraten, und nun ging es schweigsam zu Ende, so ungleichmäßig, als pumpte mein eigenes, aufgeregtes Herz die Sekunden. Die Zeit zu umgehen hieße, den Schmerz aufzuheben. Verwundert sah ich mich um nach dem Geschehen, überlegte, ob nicht die Erfindung der Geschichte, so wie sie jetzt war, vermeidbar gewesen wäre, ob ich den Schmerz, wie auch die falsche Zeit, nicht hätte ausschließen können, da doch in der Erfindung alles möglich, Schmerz nicht nötig gewesen wäre, ich war schuld, doch die beiden, und ihre Stimmen klangen mir jetzt wie lockendes Gurren im Ohr, hatten mich verführt zu erzählen, bis mir unter der Hand die Geschichte entstanden war, die ihre Zeit hat, unumgänglich, schmerzhaft notwendig ihr Ende, und in der kein Halt bleibt, mich dem Sog zu widersetzen, völlig glatt und gleichmäßig floß sie dahin, und ich sah zu, saß am Schreibtisch, zwang mich dazu, auf den Regen zu hören, still zu sitzen, nachzudenken, ich mußte etwas tun, damit es mich nicht im Warten erwischte, Essen, dachte ich und griff nach dem Telephon, bestellte Pizza mit Schinken und Sardellen, eine Schachtel Zigaretten, stand auf, holte noch eine Flasche Wein und schob die Bücher auf dem Schreibtisch zur Seite. Irgendetwas, wußte ich, ein Baum, eine Nachrichtensendung, ein Blick, ein Wort, wird von längerer Dauer sein als er, irgendetwas, das plötzlich und zufällig da sein wird in jenem Moment und darüber hinaus, das konnte ich nicht ändern, zog die Uhr vom Arm und legte sie unter die Schreibtischlampe. Sie zeigte die Ziffern fünfundneunzig und dreizehn, als es klingelte. Ich ging zur Tür, bezahlte Pizza und Zigaretten, löschte das Licht im Flur, im Bad, auch die Deckenleuchte im Wohnzimmer, so daß lediglich der Schreibtisch erhellt war, setzte mich wieder und aß. Im

Lichtkegel der Lampe neben den Zigaretten der Aschenbecher, Feuerzeug, Weinglas und Flasche, die Uhr, der aufgeklappte Pappkarton mit der Pizza, die Bücher, die Doktor Tichtel in den letzten Tagen aus den Regalen genommen und in denen er gelesen hatte, Schreibmaschinenpapier mit Notizen, der Kugelschreiber steckte zwischen den Seiten eines Buches. Das Licht ließ den dunkelroten Stoffeinband des Anatomieatlasses, der zuoberst auf einem Bücherstapel lag, hell aufleuchten, ich nahm ihn und begann, während ich die Stücke der vorgeschnittenen Pizza mit den Fingern aß, wieder darin zu blättern, schlug die Seiten auf, die seit Freitag leer waren, schob das Buch dann wieder beiseite, es nutzte mir nichts mehr. Ich hatte geglaubt, die Bilder seien den Wörtern gehörig, doch die Bilder sind flüchtig, und das Wirkliche, das sie nachzeichnen, verblaßt, was bleibt, das weiß ich heute, sind die Figuren der Wörter, die entstehen, wie man die Punkte eines Rätsels zu einem Gesicht verbindet, neue Bilder, doch nicht wirklich, und der, der spricht, verschwindet hinter ihnen. Ich las die Titel der Bücher, ohne daß ich sie mir hätte einprägen können. Ein Lesezeichen steckte in der alten Ausgabe des Pschyrembel, die Ludwig sich nach dem Infarkt antiquarisch gekauft hatte. Plötzlich fiel mir das Buch auf, das eben noch vom Anatomieatlas, den ich beiseite gelegt hatte, verdeckt worden war, ein Band mit Photographien, in dem, ich nahm ihn vom Bücherstapel, warf die leergegessene Pappe auf den Boden, zündete mir eine Zigarette an, ein Blatt Papier lag. Als ich das Buch aufschlug, dachte ich noch, das Blatt stamme von Ludwig, der sich, wie ich wußte, sehr für den New Yorker Photographen der dreißiger Jahre interessiert hatte, aber als ich das Photo sah, wußte ich, daß Doktor Tichtel, damit ich es auch fände, das Lesezeichen in das Buch gelegt haben mußte. Ich erkannte sie sofort. Das Holz hatte sich wieder losgemacht aus dem Ufergras, war langsam freigekommen und trieb jetzt schneller als zuvor, man konnte meinen, zielgerichtet, weiter. Mit rotem Filzstift hatte Doktor Tichtel, es war dieselbe ungelenke, steile Schrift, die mir auf den Notizblättern aufgefallen war, den Satz notiert,

35.

die Zeit hat schlanke Finger, ein wunderbares Skalpell, und sie ist in Eile,

nein, nicht Rilke, Ludwig lacht, Aragon, weiß nicht, warum ihm dieser Satz einfällt, als Lene vor dem hell erleuchteten Schloßtor rechts abbiegt, Duino legt sich dem Berg an, hinunterfährt zum Hafen, sagt, kenne ich nicht, im Frühjahr war ich mal hier, von der Ruine aus hat man einen schönen Blick. Sie halten direkt an der Kaimauer vor einem Hotel, das nur durch eine Terrasse, Schieferplatten, vom Meer getrennt ist, gehen zwischen den leeren, kleinen Tischen hindurch, weiße Tischtücher, nur eine Gruppe Teenager sitzt gleich an der Straße vor Campari und Cola, eine Glasfront zur Terrasse, innen verchromtes Stahlrohrmobiliar, wie in einem Eiscafé, denkt Ludwig, eine große Theke, es ist kühl und leer, hinter einer Registrierkasse die Bedienung mit schwarzer Bluse, ein Leopard aus Pailletten liegt über ihren Brüsten, zu einem Strich gezupfte Augenbrauen, schwarze Haare, Falten um Mund und Augen, Lene fragt nach einem Zimmer, redet lange, Ludwig versteht nicht, dann dreht sie sich um nach ihm, übersetzt, es gebe kein Doppelzimmer mehr, gerade eben sei noch ein Paar gekommen, leider, wohl aber zwei Einzelzimmer, Ludwig zuckt mit den Achseln, versucht ein trauriges Lächeln, schade, Lene nickt, gut also, dreht sich wieder um, le prendo, und die Schwarzhaarige zieht zwei Schlüssel unter der Theke hervor. Aber essen können wir noch, sagt Lene wie zur Belohnung, komm, nimmt Ludwig am Arm, sie gehen hinaus und setzen sich an einen der weiß gedeckten Tische neben das Meer. Lenes Gesicht im hellen Kreis der Kerze. Die Wellen rollen über die Kiesel mit nächtlich bedrohlichem Geräusch, dumpfes Ächzen, wenn die Steine an Land schleifen, ein hoher, flirrender Ton, wenn das Wasser abläuft, der Schaum zerplatzt und die Steine liegenbleiben, Wind vom Meer, die Kerze flakkert, Fisch und Kartoffeln, sie stoßen mit großen Gläsern an, die außen feucht beschlagen vom kalten Wein, Ludwig muß husten, als er sich über den Tisch beugt, um sie zu küssen, noch ein wenig, noch nicht, sagt er, als sie mit dem Essen fertig sind, trink noch was, ich will noch nicht schlafen, trink doch, sagt er, spürt die Kälte nicht und gießt ihr wieder aus der Karaffe nach, raucht, trinkt schnell, schaut sich um nach dem Meer, von dem man nichts sieht als glitzernde Lichtpunkte, die, von den Laternen am Geländer der Terrasse ins Wasser geworfen, fahlweiß aufscheinen. Ein Fenster über ihnen, im ersten Stock, ist, hinter blauem Vorhang, erleuchtet. Er begreift, daß Lene den übersieht, den er neben sich weiß, bestellt noch Wein, Zeit, redet schnell, seine Augen glänzen, erzählt Lene von seinem seltsamen Erlebnis während der Fahrt, das habe etwas Gutes zu bedeuten, lobt ihre Idee, wegzufahren, es gehe ihm viel besser jetzt, nur schlafen wolle er noch nicht, hält ihre Hand, lange, bis sie schließlich aufstehen, die Taschen aus dem Auto holen und durch den Saal gehen, noch immer sitzt die Schwarzhaarige hinter der Kasse, hinauf in den ersten Stock, muß meine Tablette noch nehmen, murmelt Ludwig und achtet genau auf die Stufen, Lene hält ihn am Arm. Ihre Zimmer liegen nebeneinander, sie schließt auf, Bett und Schrank, ein Fenster zum Meer, das Lene öffnet, er setzt sich auf das Bett, zieht sich aus, als sie hinausgeht und ihm ein Glas Wasser holt für die Tablette. Die Toilette und das Bad sind gegenüber neben der Treppe, sagt sie, schließt die Tür hinter sich, legt sich, für einen Moment nur, du mußt schlafen, zu ihm auf das schmale Bett, eine Nachttischlampe mit grünem Stoffbezug gibt dämmriges Licht, er legt seinen Kopf in ihre Achsel, seltsam, denkt er, daß es gerade sie ist, keine der anderen geblieben ist, da sind die Schmerzen wieder, und er weiß, er hat sie belogen, aus dem Alter sind wir raus, in dem man beieinander wacht, und keine von denen ist da, die versprachen, den Schlaf zu bewachen, auch den Schmerz, und doch, mit Lene ist es beinahe wie damals. Komm Schmerz, denkt er, friß es auf, wenn du kannst, aus der Hand, mich, nimm mich, kau auf mir so lange du willst, du triffst es nicht, du kannst sie nicht sehen, sie dich nicht, kannst ihr keine Angst machen und mir auch nicht. Sie glaubt, er sei eingeschlafen, steht auf, er rührt sich nicht, als sie die Tür leise hinter sich schließt, schaut ihr nur nach unter halbgeschlossenen Lidern, liegt wach und hört auf das Meer, denkt, ich muß noch abschließen, steht auf, schlüpft in Hose und Schuhe und geht zur Toilette. Als er aus dem gekachelten Raum herauskommt, begegnet ihm im Flur ein Mädchen im Bademantel, lächelt ihn an, guten Abend, und bittet ihn, als er stehenbleibt, um Feuer, Ludwig murmelt etwas, bemerkt nicht, daß er deutsch angesprochen wird, für einen Moment liegt ihre Hand mit der Zigarette auf seiner Schulter, kalt, schade, sagt sie, wünscht ihm eine gute Nacht, der Bademantel, denkt er, als er die Tür hinter sich zuzieht, abschließt und sich wieder in das Bett legt. Das Licht läßt er brennen, damit der Raum sich weniger dreht. Ich weiß nicht, wie lange er mit offenen Augen daliegt und wartet, während ich noch immer ihr Photo ansah und mir plötzlich die Idee kam, daß Doktor Tichtel mir vielleicht Instruktionen, Anweisungen, Verhaltensmaßregeln hinterlassen haben könne, aus denen ich ersehen konnte, was zu tun sei, denn ich wußte, die Atempause war vorbei, gleich würde es beginnen. Ich fing an, in Doktor Tichtels Unterlagen zu blättern, fuhr erst erschrocken vom Ordnen der Notizen auf, als der Schmerz ihn faßt, ohne auch nur zu zögern, mit einem schnellen Griff in seine Brust hat er das Herz zwischen den Fingern und preßt es zusammen. Auf den unlinierten Schreibmaschinenblättern, geordnet unter Spiegelstrichen, las ich, was Doktor Tichtel sich herausgeschrieben hatte, die Quellen nicht vermerkt, Spiegelstrich, unter infarziertem Myokard versteht man einen infolge Verschluß einer Arterie untergegangenen Herzmuskelbezirk, Spiegelstrich, anterolaterale Infarkte betreffen die anterolaterale Seite der Vorderwand der linken Herzkammer und entstehen durch Verschluß des Ramus interventricularis anterior der linken Kranzarterie, Spiegelstrich, elektrokardiographisch lassen sich an infarziertem Herzmuskel drei Zonen unterscheiden erstens eine nekrotische

Zone mit Gewebsuntergang zweitens eine Verletzungszone und drittens eine ischämische Zone, Spiegelstrich, in der nekrotischen Zone ist durch den vollständigen Gewebsuntergang überhaupt keine Polarisation der Myokardzellen möglich im Elektrokardiogramm erzeugt die nekrotische Zone Q- bzw. QS-Zacken die Verletzungszone eine Verschiebung der ST-Strecke und die ischämische Zone Veränderungen der T-Welle, Spiegelstrich, der Herzmuskel kann entweder in einem bestimmten Abschnitt untergehen oder an diffus über den ganzen Muskel verteilten Herden im akuten Stadium lassen sich derartige Mikroinfarkte oft sehr schwer feststellen sie sind in der Regel nur mikroskopisch als Myokardbezirke mit unterschiedlichem Myofibrillenzerfall und -ersatz durch kollagene Fasern erkennbar, Spiegelstrich, zunächst sind Lähmung der Gefäßwände Stauung der Kapillaren und Einwanderung von polymorphkernigen Leukozyten festzustellen darauf folgen autolytische Veränderungen, Spiegelstrich, die untergegangenen Muskelfasern erkennt man am Verlust der Querstreifung an verstärkter Eosinophilie Fragmentation und allmählichem Verschwinden der Zellkerne, Spiegelstrich, obzwar beim akuten Herztod meist eine Läsion im Ramus interventricularis anterior oder dem Stamm der linken Koronararterie oft als einzige Veränderung festzustellen ist wissen wir nichts über den Zustand des von ihr versorgten Herzmuskels da ein Myokardinfarkt morphologisch nicht nachweisbar ist, Spiegelstrich, bei zirka fünfundzwanzig Prozent der autopisch diagnostizierten Myokradinfarkte läßt sich in akuten Fällen anamnestisch nicht nachweisen wann der Infarkt eingetreten ist bei akuten Myokardinfarkten findet sich lediglich in ungefähr fünfzig Prozent ein vollständiger Koronarverschluß obschon in allen Fällen eine erhebliche bis hochgradige Lumeneinengung besteht und schließlich kann in vielen Fällen bei denen als unmittelbare Todesursache eine Koronarkrankheit angenommen wurde ein frischer akuter Myokardinfarkt nicht nachgewiesen werden. Doch er erinnert sich. Ich spürte zum erstenmal, wie es gewesen sein mußte unter dem grünen lichtdurchdrungenen Efeu auf dem Balkon, wieder, wieder, ist alles, was Ludwig denken kann, wie Wellen rollt das Wort über ihn hinweg, wieder, ich stand ihm hilflos zur Seite, schaute auf von Doktor Tichtels Erklärungen, von denen Ludwig nichts weiß, konnte seinen Blick nicht mehr finden, die Bilder wie ausgelöscht, das Zimmer, vor dessen Fenster Meer schwappt, das Bett, die Nachttischleuchte, seine schweißige Haut, waren verschwunden, all das, was die letzten Tage funktioniert hatte, setzte aus, als zöge jemand einen Vorhang vor, schöbe eine Wolke sich dazwischen. Doch den Schmerz spürte ich mit ihm, daß er sich kaum bewegen kann, daß die Faust um sein Herz sich immer fester schließt, spürte den frischen, wie schäumend kalten Geschmack des Nitrosprays auf seiner Zunge, noch mal, wieder, wieder, aber es hilft nicht, ihm ist übel, kalter Schweiß auf der Stirn, der Schmerz zuckt den Arm hinunter bis in die Fingerspitzen, vor den Augen flimmert es, das Herz schlägt immer schneller, bis er nicht mehr folgen kann, läuft ihm davon, zuckend, als grübe es sich selbst ein, der Schmerz läßt ihn verschwinden unter sich, etwas schiebt sich vor ihn, bedeckt ihn. Es flüstert mit ihm der Tod. Ich, lauschend daneben, hatte einen Narren an mir selbst gefressen, zu tief meine Zähne in das eigene Fleisch geschlagen, als daß ich mich ohne fremde Hilfe von mir befreien konnte, obwohl ich wußte, der Weg zum Schmerz, zur Krankheit, ist in den Wörtern immer offen, doch jetzt steht sie davor, verdeckt ihn, hält den Zugang verschlossen, steht mit dem Rücken zu mir, nimmt mir den Blick auf ihn. Der Weg in die Wörter ist offen, das war es doch, erinnerte ich mich, was ich ihr auf dem Nachhauseweg entlockt hatte, und ich sah sie, mir den Rücken zudrehend, über Ludwig gebeugt, wie eine Schrift, die man kennt, die Gestalt der Wörter, die Führung der Linien, Verdickungen, Abbrüche der Buchstaben, buchstäblich sah ich sie, ihre Gesten und Bewegungen, ihren Blick, wußte, sein Herz, das noch schlägt, ist aufbewahrt und verknüpft in den Takt der Schrift, nirgendwo sonst, keine andere Zeit als die der Geschichte gilt. Wenn sie nur das Wort aus dem Kopf befreite, es wäre nur ein Moment vonnöten, daß es aufflöge für immer und ich hinüber zu ihm, führte sie mich, hielte mich, unter der Hand, wäre es einfach, aber was hielte ich denn da, sie ist es doch, die ihn bedeckt, ich stockte, wo bliebe ich denn, zögerte, doch stärker als meine Angst war der Wunsch, zu ihm zu kommen in ihrem Kiefer, in dem die Zunge sich wälzt ohne Unterlaß, sich beugt und streckt und rollt und Wörter formt. Stellte mir vor, wie sie ihr Haupt mir zuneigte, den offenen Kopf, ihre Stirn lächelnd beugte, daß ich mich in der Schale vergrübe, an meinen Lippen das Zucken der Bewußtseinssektoren spürte, ihr Kleinhirn leckte mit Lust, den Korpus mamilare kaute, so die Grenze übersprünge, aufgenommen würde in die Geschichte, nicht vergessen, in ihr vorsichtig wühlte, meinen Schwanz am zarten Weich ihres Gehirns riebe, mit der Spitze die Windungen streichelte, das quallenartige Wuchernde, die Sehnsucht, die aus der gallerten Masse spricht, befeuchtete, wässerte mit Sperma und Speichel, welche Lust wäre es, sähe ich dann endlich die Bilder, die mein Zucken in ihrem Kopf erzeugte, mechanische Reizung, unzählige Verknüpfungen erregter Neurotransmitter, Synapsenejakulation, daß ihre Erinnerung schäumte, überströmten die Bilder der Geschichte, Ludwigs Tod sähe ich dann in ihr, der Geliebten, Erzählerin aller Geschichten, sprich, wörtlicher Tod. Und ich begann zu fallen, das kreiselnde Dahintreiben gesteigert im Takt seines Herzens, in dessen Flimmern die Konturen der Dinge, des Zimmers, des Tisches, der Lampe, endgültig verschwimmen, sie zog mich herüber zu sich, ich sah, wie sachte sein Schmerz nachläßt und die Ohnmacht beginnt, sah es, so nah war ich dem Tod schon, im Fallen, langsam, als ob ich darauf zuglitte, zieht das gelbe Lichtquadrat der Nachttischlampe geräuschlos über das straffe Laken des Bettes hin, das sich zu einer kleinen Falte aufwirft, an der Kante der Matratze, am Kopfende, am Fußende, Ludwig liegt bewegungslos, und das Licht zieht gemächlich weiter, gleitet ganz nun auf den Boden, das Laken wird stumpf im Schatten, kriecht blicklos und ohne aufzuschauen weiter, weg, die Wand hinauf, schmerzlos, still, während er stirbt und, wußte ich, ich mit ihm, dem Tod zu nah, in ihrer Hand. Die Zeit kippte um, ging auf Null, ein Strudel, ein Sog, faßte mich, ich weiß noch, daß ich nach dem Buch auf dem Tisch faßte, spürte, wie Tichtel an mir zerrte, hörte ihn murmeln, ganz dicht an meinem Ohr seinen Atem, herzebaere im Herzen getragen herzegalle Böses im Herzen herzesiech herzkrank herzesuht Herzkrankheit herzestoz Herzschlag, seine Hände, die meine Beine nahmen, mich umdrehten, dann, als ob eine Membran unter Druck mit einemmal durchläßig wird, Nässe, an wenigen Stellen erst, schließlich überall eindringen, tropfen, dann fließen, Gegenwart, Gegenwart. Ich lauschte danach, berührte es, fühlte, bemerkte, wie ich hinüberhuschte, aus dem Sog heraus, spürte die andere Luft, fühlte den Luftzug, könnte ich mich nur bewegen. Räkele mich, weiß nicht wo, nur, die Haut ist abgestreift, die mich von Ludwigs Geschichte trennte, durchstoßen, Zeitsprung, umgeschlagen wie eine Seite, bin in den Wörtern gelandet mit meinem Sprung über die schmale Spalte zwischen Imperfekt Indikativ und Präsens Konjunktiv, dem Durchgang in die Geschichte, Ludwig ist tot, hörst du mein Wort in deinem Ohr, Seite um Seite, die du umschlägst mit deiner Hand und mit der Bewegung den Klang belebst, bin ich da, nicht Erfindung bin ich, nicht im Mund, den du hörst, während du liest, bin keines der Bilder, die du siehst, nicht einmal die Zunge an deinem Hals bin ich, die du spürst beim Lesen, Zungenschlag, sag ich, hörst du es, spürst es, erfände ich dich, wärst du die, die du liest, aber nicht die, die du bist, Zungenschlag, ich spüre, glaube es mir, wie du meine Wörter für dich sprichst, wie du sie in den Mund nimmst, immer näher, die Bewegung, die durch die Wörter hindurchgeht, wenn du sie liest, liege doch unter ihnen und die ganze Geschichte auf deiner Haut, ich spüre dich, komm zeig dich, zieh dich aus, erzähl dich, erzählt mir doch, wie es ist, mit dir zu schlafen, zeig dich, erzähl mir, wie es ist, mit mir zu schlafen, erzähl mich mir, erzähl mich, zeig mich den Wörtern, ich bin es, der sie wendet wie Kiesel im Mund, sie wie Erde frißt und ausstößt, bewege mich fort so, blind, rolle hin und her in ihnen, die Geschichte hinter mir und vor mir, kein Bild mir mehr ähnlich, keine Zeit, kein Tod hier. Du aber, du. Mußt sterben. Dort. Ich habe nichts mehr von dort, keinen Beleg, nur, weil ich mich festhielt im Sturz, halte ich jetzt, wie von selbst herausgerissen, als flatterte das Buch noch dort, die Seite in der Hand, das Photo mit dem Titel:

suhrkamp taschenbücher
Eine Auswahl

Abish: Wie deutsch ist es. st 1135
Achternbusch: Die Alexanderschlacht. st 1232
– Die Atlantikschwimmer. st 1233
– Das Haus am Nil. st 1394
– Wind. st 1395
Adorno: Erziehung zur Mündigkeit. st 11
Aitmatow: Dshamilja. st 1579
– Der weiße Dampfer. st 51
Alain: Die Pflicht, glücklich zu sein. st 859
Allende: Das Geisterhaus. st 1676
– Von Liebe und Schatten. st 1735
Anders: Erzählungen. st 432
Arendt: Die verborgene Tradition. st 303
The Best of H. C. Artmann. st 275
Augustin: Eastend. st 1176
Ba Jin: Die Familie. st 1147
Bachmann: Malina. st 641
Bahlow: Deutsches Namenlexikon. st 65
Ball: Hermann Hesse. st 385
Ball-Hennings: Briefe an Hermann Hesse. st 1142
Ballard: Billennium. PhB 96. st 896
– Die Dürre. PhB 116. st 975
– Hallo Amerika! PhB 95. st 895
– Der tote Astronaut. PhB 107. st 940
Barnet: Das Lied der Rahel. st 966
Barthelme: Moondeluxe. st 1503
Barthes: Fragmente einer Sprache der Liebe. st 1586
Baur: Überleben. st 1098
Becker, Jürgen: Gedichte. st 690
Becker, Jurek: Aller Welt Freund. st 1151
– Bronsteins Kinder. st 1517
– Jakob der Lügner. st 774
– Schlaflose Tage. st 626
Beckett: Der Ausgestoßene. L'Expulsé. The Expelled. st 1006
– Endspiel. st 171
– Glückliche Tage. st 248
– Malone stirbt. st 407
– Mercier und Camier. st 943
– Molloy. st 229
– Warten auf Godot. st 1
– Watt. st 46
Behrens: Die weiße Frau. st 655
Beig: Hermine. st 1303
– Hochzeitslose. st 1163
– Rabenkrächzen. st 911
Benjamin: Angelus Novus. st 1512
Deutsche Menschen. Eine Folge von Briefen. st 970
– Illuminationen. st 345
Benjamin / Scholem: Briefwechsel 1933-1940. st 1211
Berkéwicz: Adam. st 1664
– Josef stirbt. st 1125
Bernhard: Alte Meister. st 1553
– Amras. st 1506
– Beton. st 1488
– Die Billigesser. st 1489
– Holzfällen. st 1523
– Ja. st 1507
– Korrektur. st 1533
– Der Stimmenimitator. st 1473
– Stücke 1. st 1524
– Stücke 2. st 1534
– Stücke 3. st 1544

265/1/8.90

265/2/8.90

suhrkamp taschenbücher
Eine Auswahl

265/3/8.90

suhrkamp taschenbücher
Eine Auswahl

Handke: Das Ende des Flanierens. st 679
– Kindergeschichte. st 1071
– Langsame Heimkehr. st 1069
– Die Lehre der Sainte-Victoire. st 1070
– Die linkshändige Frau. st 560
– Die Stunde der wahren Empfindung. st 452
– Über die Dörfer. st 1072
– Wunschloses Unglück. st 146
Hart Nibbrig: Spiegelschrift. st 1464
Hesse: Gesammelte Werke. 12 Bde. st 1600
– Berthold. st 1198
– Casanovas Bekehrung und Pater Matthias. st 1196
– Demian. st 206
– Gertrud. st 890
– Das Glasperlenspiel. st 79
– Innen und Außen. st 413
– Karl Eugen Eiselein. st 1192
– Klein und Wagner. st 116
– Kleine Freuden. st 360
– Klingsors letzter Sommer. st 1195
– Knulp. st 1571
– Die Kunst des Müßiggangs. st 100
– Kurgast. st 383
– Ladidel. st 1200
– Der Lateinschüler. st 1193
– Legenden. st 909
– Die Morgenlandfahrt. st 750
– Narziß und Goldmund. st 274
– Die Nürnberger Reise. st 227
– Peter Camenzind. st 161
– Robert Aghion. st 1379
– Roßhalde. st 312
– Schön ist die Jugend. st 1380
– Siddhartha. st 182
– Der Steppenwolf. st 175
– Unterm Rad. st 52
– Der vierte Lebenslauf Josef Knechts. st 1261
– Walter Kömpff. st 1199
– Der Weltverbesserer und Doktor Knölges Ende. st 1197
– Der Zyklon. st 1377
Hildesheimer: Das Ende der Fiktionen. st 1539
– Marbot. st 1009
– Mitteilungen an Max über den Stand der Dinge. st 1276
– Die Theaterstücke. st 1655
Hohl: Die Notizen. st 1000
Horváth: Gesammelte Werke. 15 Bde. st 1051-1065
– Don Juan kommt aus dem Krieg. st 1059
– Geschichten aus dem Wiener Wald. st 1054
– Glaube Liebe Hoffnung. st 1056
– Italienische Nacht. st 1053
– Ein Kind unserer Zeit. st 1064
– Jugend ohne Gott. st 1063
Hrabal: Erzählungen, Moritaten und Legenden. st 804
– Harlekins Millionen. st 1615
– Ich habe den englischen König bedient. st 1754
– Das Städtchen am Wasser. st 1613-1615
Hürlimann: Die Tessinerin. st 985
Hughes: Ein Sturmwind auf Jamaika. st 980
Im Jahrhundert der Frau. st 1011

265/4/8.90

suhrkamp taschenbücher
Eine Auswahl

Innerhofer: Die großen Wörter. st 563
– Schöne Tage. st 349
Inoue: Die Eiswand. st 551
– Der Stierkampf. st 944
Janker: Zwischen zwei Feuern. st 1251
Johnson: Berliner Sachen. st 249
– Das dritte Buch über Achim. st 169
– Ingrid Babendererde. st 1387
– Karsch und andere Prosa. st 1753
– Mutmassungen über Jakob. st 147
– Eine Reise nach Klagenfurt. st 235
Jonas: Materie, Geist und Schöpfung. st 1580
– Das Prinzip Verantwortung. st 1085
Joyce: Anna Livia Plurabelle. st 751
T. S. Eliots Joyce-Lesebuch. st 1398
Kaminski: Herzflattern. st 1080
– Nächstes Jahr in Jerusalem. st 1519
Kaschnitz: Jennifers Träume. st 1022
– Kein Zauberspruch. st 1310
– Liebesgeschichten. st 1292
Kirchhoff: Mexikanische Novelle. st 1367
– Ohne Eifer, ohne Zorn. st 1301
Koch: Der Prozeß Jesu. st 1362
– See-Leben. st 783
Koeppen: Gesammelte Werke in 6 Bänden. st 1774
– Amerikafahrt. st 802
– Angst. st 1459
– Die elenden Skribenten. st 1008
– Die Mauer schwankt. st 1249
– Tauben im Gras. st 601
– Der Tod in Rom. st 241
– Das Treibhaus. st 78
Kolleritsch: Gedichte. st 1590
Konrád: Der Besucher. st 492
– Der Komplize. st 1220
Kracauer: Die Angestellten. st 13
– Kino. st 126
– Das Ornament der Masse. st 371
Kraus: Aphorismen. st 1318
– Die letz ten Tage der Menschheit. st 1320
– Die Sprache. st 1317
– Die chinesische Mauer. st 1312
– Literatur und Lüge. st 1313
– Sittlichkeit und Kriminalität. st 1311
– Weltgericht I / Weltgericht II. st 1315/1316
Karl-Kraus-Lesebuch. st 1435
Kroetz: Der Mondscheinknecht. st 1039
– Der Mondscheinknecht. Fortsetzung. st 1241
– Stücke I-IV. st 1677-1680
Kühn: Der Himalaya im Wintergarten. st 1026
– Die Kammer des schwarzen Lichts. st 1475
– Und der Sultan von Oman. st 758
Kundera: Das Buch vom Lachen und vom Vergessen. st 868
Laederach: Laederachs 69 Arten den Blues zu spielen. st 1446

265/5/8.90

suhrkamp taschenbücher
Eine Auswahl

Laederach: Nach Einfall der Dämmerung. st 814
– Sigmund oder Der Herr der Seelen tötet seine. st 1235
Lao She: Die Stadt der Katzen. PhB 151. st 1154
Least Heat Moon: Blue Highways. st 1621
Lem: Also sprach GOLEM. PhB 175. st 1266
– Die Astronauten. PhB 16. st 441
– Frieden auf Erden. PhB 220. st 1574
– Der futurologische Kongreß. PhB 29. st 534
– Das Katastrophenprinzip. PhB 125. st 999
– Lokaltermin. PhB 200. st 1455
– Robotermärchen. PhB 85. st 856
– Sterntagebücher. PhB 20. st 459
– Waffensystem des 21. Jahrhunderts. PhB 124. st 998
Lenz, H.: Die Augen eines Dieners. st 348
– Ein Fremdling. st 1491
– Der Kutscher und der Wappenmaler. st 934
– Neue Zeit. st 505
– Der Tintenfisch in der Garage. st 620
– Der Wanderer. st 1492
Leutenegger: Gouverneur. st 1341
– Ninive. st 685
Lezama Lima: Paradiso. st 1005
Lovecraft: Azathoth. PhB 230. st 1627
– Berge des Wahnsinns. PhB 258. st 1780
– Der Fall Charles Dexter Ward. PhB 260. st 1782
– Stadt ohne Namen. PhB 52. st 694
Majakowski: Her mit dem schönen Leben. st 766
Mayer: Außenseiter. st 736
– Ein Deutscher auf Widerruf. Bd. 1. st 1500
– Ein Deutscher auf Widerruf. Bd. 2. st 1501
– Georg Büchner und seine Zeit. st 58
– Thomas Mann. st 1047
Mayröcker: Die Abschiede. st 1408
– Ausgewählte Gedichte. st 1302
Meier, G.: Toteninsel. st 867
Meyer, E.Y.: In Trubschachen. st 501
– Ein Reisender in Sachen Umsturz. st 927
– Die Rückfahrt. st 578
Miller: Am Anfang war Erziehung. st 951
– Bilder einer Kindheit. st 1158
– Das Drama des begabten Kindes. st 950
– Du sollst nicht merken. st 952
Miłosz: Verführtes Denken. st 278
Mitscherlich: Ein Leben für die Psychoanalyse. st 1010
– Massenpsychologie ohne Ressentiment. st 76
– Thesen zur Stadt der Zukunft. st 10
Morshäuser: Die Berliner Simulation. st 1293

265/6/8.90

suhrkamp taschenbücher
Eine Auswahl

Morshäuser: Blende. st 1585
– Nervöse Leser. st 1715
Moser: Gottesvergiftung. st 533
– Grammatik der Gefühle. st 897
– Kompaß der Seele. st 1340
– Lehrjahre auf der Couch. st 352
– Stufen der Nähe. st 978
Muschg: Albissers Grund. st 334
– Baiyun oder die Freundschaftsgesellschaft. st 902
– Entfernte Bekannte. st 510
– Fremdkörper. st 964
– Gegenzauber. st 665
– Im Sommer des Hasen. st 263
– Das Licht und der Schlüssel. st 1560
Museum der modernen Poesie. st 476
Neruda: Liebesbriefe an Albertina Rosa. st 829
Nizon: Canto. st 319
Nossack: Aus den Akten der Kanzlei Seiner Exzellenz … st 1468
– Begegnung im Vorraum. st 1177
– Bereitschaftsdienst. st 1460
Onetti: Das kurze Leben. st 661
– So traurig wie sie. st 1601
Oz: Im Lande Israel. st 1066
– Mein Michael. st 1589
– Der perfekte Frieden. st 1747
Paz: Essays. 2 Bde. st 1036
Pedretti: Harmloses, bitte. st 558
– Die Zertrümmerung von dem Kind Karl. st 1156
Ernst Penzoldts schönste Erzählungen. st 216
Percy: Der Idiot des Südens. st 1531
– Lancelot. st 1391
Phantastische Begegnungen. PhB 250. st 1741
Platschek: Über die Dummheit in der Malerei. st 1139
Plenzdorf: Gutenachtgeschichte. st 958
– Legende vom Glück ohne Ende. st 722
– Die neuen Leiden des jungen W. st 300
Poniatowska: Stark ist das Schweigen. st 1438
Proust: Auf der Suche nach der verlorenen Zeit. 10 Bde.
– Briefe zum Leben. st 464
Puig: Der Kuß der Spinnenfrau. st 869
– Der schönste Tango der Welt. st 474
– Verraten von Rita Hayworth. st 344
Ribeiro: Maíra. st 809
Rochefort: Frühling für Anfänger. st 532
– Eine Rose für Morrison. st 575
– Die Welt ist wie zwei Pferde. st 1244
– Zum Glück gehts dem Sommer entgegen. st 523
Rodoreda: Auf der Plaça del Diamant. st 977
– Der zerbrochene Spiegel. st 1494
Rolfs: Rost im Chrom. st 1648
Russell: Eroberung des Glücks. st 389

265/7/8.90

suhrkamp taschenbücher
Eine Auswahl

Sanzara: Die glückliche Hand. st 1184
– Das verlorene Kind. st 910
Schimmang: Das Ende der Berührbarkeit. st 739
– Der schöne Vogel Phönix. st 527
Schivelbusch: Intellektuellendämmerung. st 1121
Schneider, R.: Philipp der Zweite. st 1412
– Dem lebendigen Geist. st 1419
Semprun: Die große Reise. st 744
– Was für ein schöner Sonntag. st 972
– Yves Montand: Das Leben geht weiter. st 1279
– Der zweite Tod des Ramón Mercader. st 564
Shaw: Der Aufstand gegen die Ehe. st 328
– Mensch und Übermensch. st 987
Sloterdijk: Der Zauberbaum. st 1445
Soriano: Das Autogramm. st 1252
Steiner, J.: Auf dem Berge Sinai sitzt der Schneider Kikrikri. st 1572
– Ein Messer für den ehrlichen Finder. st 583
– Das Netz zerreißen. st 1162
Sternberger: Drei Wurzeln der Politik. st 1032
– Herrschaft und Vereinbarung. st 1289
– Die Politik und der Friede. st 1237
Stierlin: Delegation und Familie. st 831
– Eltern und Kinder. st 618
– Das Tun des Einen ist das Tun des Anderen. st 313
Struck: Lieben. st 567
– Die Mutter. st 489
Strugatzki / Strugatzki: Der ferne Regenbogen. PhB 111. st 956
– Die häßlichen Schwäne. PhB 177. st 1275
– Eine Milliarde Jahre vor dem Weltuntergang. PhB 186. st 1338
Tendrjakow: Die Abrechnung. st 965
– Frühlingsspiel. st 1364
Unseld: Der Autor und sein Verleger. st 1204
– Begegnungen mit Hermann Hesse. st 218
– Peter Suhrkamp. st 260
Vargas Llosa: Gespräch in der Kathedrale. st 1015
– Der Hauptmann und sein Frauenbataillon. st 959
– Der Krieg am Ende der Welt. st 1343
– Tante Julia und der Kunstschreiber. st 1520
Wachenfeld: Camparirot. st 1608
Walser, M.: Die Anselm Kristlein Trilogie. st 684
– Brandung. st 1374
– Dorle und Wolf. st 1700
– Ehen in Philippsburg. st 1209
– Ein fliehendes Pferd. st 600
– Halbzeit. st 94
– Jenseits der Liebe. st 525
– Liebeserklärungen. st 1259

265/8/8.90

suhrkamp taschenbücher
Eine Auswahl

Walser, M.: Die Ohrfeige. st 1457
– Das Schwanenhaus. st 800
– Seelenarbeit. st 901
Walser, R.: Der Räuber. st 1112
– Der Spaziergang. st 1105
– Fritz Kochers Aufsätze. st 1101
– Geschwister Tanner. st 1109
– Jakob von Gunten. st 1111
– Seeland. st 1107
– Wenn Schwache sich für stark halten. st 1117
Watts: Der Lauf des Wassers. st 878
– Vom Geist des Zen. st 1288
Weber-Kellermann: Die deutsche Familie. st 185
Weiß, E.: Franziska. st 785
– Der Aristokrat. st 792
– Georg Letham. st 793
– Der Augenzeuge. st 797
Weiss, P.: Das Duell. st 41
– In Gegensätzen denken. st 1582
Wilhelm: Die Wandlung. st 1146
Wilson: Brüchiges Eis. st 1336
Winkler: Das wilde Kärnten. 3 Bde. st 1042-1044
Zeemann: Einübung in Katastrophen. st 565
– Das heimliche Fest. st 1285
Zweig: Brasilien. st 984

265/9/8.90